女と男の事件帳

戦後を生きた巡査の手記

深沢敬次郎

元就出版社

まえがき

人はさまざまな経験をしているが、それがプラスになることもあれば、マイナスになったりもする。妻を亡くした夫と、夫を亡くした妻が再婚して私たち三人の兄弟が生まれたが、母親は六歳のときに病死した。小学校から軍事教育が行なわれており、十八歳のときに軍人を志願し、陸軍船舶特別幹部候補生隊に入隊すると特攻隊に組み込まれた。ベニヤ板の小さな舟艇に二百五十キロの爆雷を搭載し、夜陰に乗じて敵の艦船に体当たりする任務を与えられ、沖縄の慶良間列島の阿嘉島に派遣された。

昭和二十年三月二十三日から始まったアメリカ軍の激しい爆撃により、秘匿壕の舟艇が破壊されたため出撃が不能になった。戦車を先頭にしてアメリカ軍が上陸してきたが、わが方には迎え撃つ武器はなく、連夜の斬り込みが実施されて多数の犠牲者を出した。アメリカ軍が島から引き上げると飢えとの闘いになり、限界に達したときアメリカ軍との休戦協定が結ばれ、島民と朝鮮人の軍夫のみ投降が認められた。生き延びるために投降するか、島から脱出するほかなかったが、多くの兵隊が餓死を待つばかりになっていた。

戦争が終わってアメリカ軍の捕虜になったが、収容所では日本の軍隊の組織は作用しなくなっていた。戦時中に捕虜となった兵隊が枢要な地位についており、部下をいじめた上官が仕返しされるのを目の当たりにした。体力が回復すると強制労働に従事するようになったが、捕虜の意見を受け入れて上官に抗議する兵隊がいたり、戦争をスポーツのように考えている将校もいた。キャッチボールの球拾いをしてくれた巡視の将校もいたし、片言の英語で空軍司令官と話し合ったこともあった。鉄柵《てっさく》に囲われた一年三ヵ月の生活はとてつもなく長く感じられたが、名誉も地位も金銭もない裸の生活を体験したし、アメリカ人と日本人の考え方に大きな違いがあることを知ることもできた。

二十一歳の誕生日に復員したが、就職難のためにやむを得ず巡査を志願し、警察練習所に入所した。憲法が改正されたため教科書は役に立たず、教官も生徒もとまどうばかりであったが、潤いをもたらせてくれたのが大学教授の授業であった。国語や倫理学や法医学や英会話などを学ぶことができたが、いまだに忘れることができないのは、心理学の教授から「相手の立場に立ってものを考えると相手のことがわかる」と教えられたことだった。

交番に勤務したが一日の休みもなく、ヤミ米の取り締まりや職務訊問《じんもん》などが苦手であった。半年ほどしたとき警察法が改正され、国家地方警察と自治体警察に二分され、私は山の中の小さな町の警察署に転勤になった。辞職したい気持ちが強くなったが、父親や周囲の人から「辞めるのはいつでもできるし、若いときにはいろいろ経験をしておくものだ」と反対され、いやいやながら赴任した。図書館も映画館もなければ娯楽施設は何一つなく、退屈まぎれに読書会に入り、一冊の本を読んだときに全身が震えるほどの感動を覚えた。見習い刑事となって犯罪の捜査に従事しているうちに会話にも慣れ、別荘に聞き込みに行って、著名な学者や作家の話を聞く機会に恵まれると本の虜《とりこ》のようになった。

自治体警察が廃止になったため、昭和二十七年に都市の警察署に転勤になって留置場の看守となった。殺人や詐欺や窃盗などの被疑者だけでなく、保護した酔っぱらいなどが収容されたが、すべてを呼び捨てにしていた。ところが公職選挙法の違反で収容された村長さんを呼び捨てにすることができず、それからはすべての留置人に「さん」をつけて呼ぶことにした。鑑識係や捜査内勤になったが昇任する気にはなれず、社会勉強がしたくなったため希望して繁華街の交番に勤務することができた。上司から「交番の巡査は街頭の裁判官みたいなものである」と言われ、職務質問をして人権蹂躙《じゅうりん》と抗議されて人権の勉強をするなど経験しながらさまざまなことを学ぶことができた。

交番勤務が一年になったとき、関東管区警察学校に入校したが、土曜日の午後から日曜にかけて自由に行動することができた。博物館や美術館や神田の古書屋街を巡ったり、あっちこっち旅行したり、念願だった富士山に登ったりした。卒業すると警察署の交通係になったが、二カ月後には警察本部の交通課に転勤になったために巡査としての第一線の仕事にピリオドが打たれた。昭和三十五年に巡査部長に昇進し、交通事故の処理などに当たったが、四年が経過したとき警察本部の捜査二課に転勤になった。

昭和四十一年に警部補に昇任して捜査係長になると、「私の人生は付録みたいなものだ」という考えが強くなった。各署を転々としてさまざまな事件や事故の捜査に従事したが、十六年が経過したとき顔面神経麻痺《まひ》になり、満足に休むことができなかった身と心を休めようと思って早期に退職した。テレビを見たり、ドライブするなどしていたが物足りなさを覚えるようになり、日記帳やスクラップなどを整理しながら原稿を書き始めた。新聞の地方版で紹介されると、地元の出版社から自費出版することができたし、それが親本になって大手の出版社の文庫本になった。

戦争と捕虜の体験がなかったり、読書を続けることができなかったら、マイペースの生き方ができなかったのではないか。警察官として過ごした三十五年の間、真相の究明に心がけてきたため、物事を客観的に判断する習性を身につけることができた。仕事を通じて多くの人からさまざまなことを教えられ、学ぶことがないと思っていた犯罪者からは貴重な体験を聞かせてもらうことができた。取り扱った事件が報道されることがあるが、新聞社も記者もさまざまであり、ときには事実と異なった報道がなされたりした。

犯罪は時代とともに変化し、悪質巧妙になってきているが、犯罪の本質は変わっていないような気がする。戦争を経験した人はだんだんと少なくなっており、先に出版となった文庫本が絶版になったため、大幅に書き直して「女と男の事件帳」として出版することにした。これは昭和二十一年十一月から昭和三十一年十月までの十年の記録であり、考えながら仕事をしてきた一巡査の物語として読んでいただけたら幸いです。

女と男の事件帳——目次

女と男の事件帳

——戦後を生きた巡査の手記

巡査志願

私は船舶特攻隊員として沖縄の戦いに参加し、何度も死の危険に遭遇し、餓死寸前でアメリカ軍の捕虜になった。一年三ヵ月の収容所の生活はとてつもなく長く感じられたが、二十一歳の誕生日に復員することができた。強制労働の報酬として二百余円を受け取ったとき、数ヵ月の生活ができると思ったが、おみやげを買うために名古屋駅裏のヤミ市に行ったとき、数個のたばこの値段にひとしいことを知って愕然《がくぜん》とした。

実家が農家であり、跡取りではなかったため就職しなければならなかった。生産管理やストが行なわれており、従業員を募集している企業はどこにも見当たらない。復員して二ヵ月ほどしたとき、村役場から戻ってきた父親から、巡査を募集しているから受験してみたらどうか、とすすめられた。

いままで警察官を職業の対象に考えたことがなかったし、軍隊生活でいやな経験をさせられていたし、子どものころの怖いイメージがあったから巡査になる気にはなれなかった。その後も職探しが続いたがどうしても見つからず、巡査になってから職を探したっていいじゃないか、と考えるようになった。

昨夜来の雨が残っており、雨具がなかったためためらっていると、試験はどうするんだ、と父親に催促された。「雨が」と言いかけたときにはやんでおり、自転車にまたがってしぶしぶと出かけたため、試験会場の高崎警察署に着いたときには締切りの時間がわずかに回っていた。引き返そうとしたときに係員に呼び止められ、最後の受け付けとなって試験会場に入った。

試験科目は「国語」と「算数」と「作文」だけであった。国語から出題された「象牙の塔」はわからなかったが、作文の「人間について」は、軍隊や捕虜の経験があったし、これからの生き方について書くことができた。

試験会場を後にしたとき、復員してから一度も足を踏み入れていない高崎の街の様子を見ることにした。戦災のつめあとは予想していた以上にひどいものであり、あっちこっちにバラックが建てられて以前の面影はまったく見られない。人だかりがしていたので近づくと、そこは宝くじ売り場であった。運試しのつもりで十円玉を取り出し、二枚のスピードくじを買ったところ、一枚にはいくつもの「九」の字が入っていた。二等か三等になるものと思って係のおばさんに差し出すと、鈴を鳴らしながら「一等賞！　一等賞！」と大きな声で何度も叫んだ。思いがけずに五百円を手にすることができたため、二年三ヵ月ぶりに映画を鑑賞することができた。

受験してからも職を探し続けたが、どうしても見つけることができない。どうでもよいと思っていた試験の結果が気になり、郵便配達の人を待つようになった。学科試験の合格を知らせてくれたのは村の駐在さんであり、警察練習所（現在は警察学校）で身体検査と口述試験を受けることになった。

軍隊の経験があったため、身体検査は難なくパスすることができた。制服を着た三人の試験官の前に行くと極度に緊張し、交互に質問されると、しどろもどろになってしまった。社会常識はほとんど答えることができず、自ら不合格の採点を下して職探しを続けざるを得なかった。合格通知が郵送されてきたとき父親は大いに喜んでくれたが、私はうれしいというよりとまどいが先に立ってしまった。

入所中に日本国憲法施行

昭和二十二年三月十一日、巡査見習生として警察練習所に入所した。受験者は三百人以上いたというが、合格したのは五十名であった。学校を卒業したばかりの未成年者もいれば復員した者もいたが、好んで巡査になった者が少なかったらしく、「でも巡査」という言葉がしきりに使われていた。

一週間の時間表ができており、起床から就寝まですべて規則にしばられていた。順番がやってくると真夜中の不寝番にもついた。塀で囲われた敷地内に本館と寮があり、教官の許可がない限り外出することはできず、休みの日も寮で過ごさなければならなかった。親との面会も差し入れも許されず、朝がすいとん、昼がさつまいも二本ということもあり、ひもじい思いをさせられた。食糧や燃料の不足を補うため、利根川原を開墾して野菜やじゃがいもを栽培したり、炊事や風呂《ふろ》に使う燃料を山から運んだりした。

空腹を抱えても早朝のランニングが行なわれ、連日のように柔道と剣道の訓練が実施された。弱音を吐こうものなら、教官から「厳しい訓練についていくことができないやつは、厳しい職務に耐えることができないんだから、いまのうちに辞めてしまえ」との罵声《ばせい》を浴びせられた。精神的にも肉体的にもたくましさが要求されていたが、どのように言われようとも転職できる当てがなくては我慢するほかはなかった。

日本国憲法が公布されていたため、旧来の教科書はほとんど役に立たなくなっていた。新しい教科書は間に合わないし、用紙が不足していたから資料は配布されず、ノートをとることさえできない。教官も新しい憲法に対応できずにとまどっていたし、巡査見習生も法令などの知識を身につけることができなかった。

むなしいような練習所の生活に潤いをもたらしてくれたのが、群馬大学からやってきた教授の講義であった。国語、心理学、倫理学、法医学、歴史、英会話があったが、どれも興味をひくものばかりであった。

法医学では血液型で親子鑑定ができることや自他殺の見分け方を教えてもらい、歴史では縄文土器や考古学についても学ぶことができた。倫理学では道徳や法律について貴重な話を聞くことができたが、もっとも楽しかったのが英会話であった。いまだに忘れることのできないのは、心理学の教授からは、「相手の立場に立ってものを考えれば相手を理解することができるし、人間は危機的な場面に遭遇したときに本性をあらわす」と教えられたことだった。

新しい憲法が施行された五月三日、全生徒が校庭に集められて指導教官の訓示を受けた。
「大日本国憲法が改正されたからといっても、われわれが天皇陛下の警察官であることに変わりはないのだ」

天皇陛下という言葉を発するたびに、教官は「気を付け！」の姿勢をとり、多くの生徒が見習っていた。私は一年三ヵ月間の捕虜生活の経験があり、みんなのまねをする気にはなれなかった。

六ヵ月間の教養期間の半ばが過ぎたとき、初めて家族の面会と差し入れと外出が許された。職務の執行は許されなかったが、制服を着ての外出は面映ゆいものであり、道路を歩くときもきちんと法規を守り、映画館に入っても緊張を崩すことができなかった。

教養期間が残り少なくなったとき、一週間の職務の実習が行なわれたため交番に配置された。先輩の巡査が職務訊問《じんもん》の仕方について模範を示したが、容易に「もし、もし」と呼びかけることができない。戸口調査にあっても、どのように話したらよいかわからず、こんなことで巡査が勤まるだろうか、という不安を抱えながらの実習となった。

卒業試験が行なわれることになったが、明治四十年に公布された刑法は読みにくいだけでなく難解であった。刑事訴訟法にいたっては大きく改正される運命にあったため、身につかった勉強ができなかった。それでも出題されそうな箇所を重点に丸暗記を試みたが、全員が卒業できることを知らされてホッとした。

　試験が終わって気がゆるみ、朝から仲間と将棋に熱中していた。ベルが鳴ったので制服に着替えたが朝礼に間に合わず、廊下まで出たが部屋に引き返してしまった。朝礼が終わると、「深沢君、すぐに教官室にくるように」とのスピーカーが流されてきた。「褒めるときには大勢の前で、叱《しか》るときにはこっそり」と教えていたM教官の声であったため、素直に従う気になれなかった。なおも私の名前を呼び続けていたが、意固地《いこじ》になっていたため行かないでいると、同僚からクビになるぞ、と言われたりした。

　当番勤務についていた同僚がやってきた。

「どうしても連れてくるようにM教官に言われたんだが、行ってもらわないとおれが困ってしまうんだよ」

　同僚に迷惑をかけたくなかったため、いやいやながら出かけて行った。

　ドアをノックしてから教官室に入り、M教官の前で深々と頭を下げた。怒りの表情をあらわにし、何度も呼び出したのにどうしてこなかったんだ、と語気鋭く問い詰めてきた。とっさに、叱られると思ったらこられなかったんです、と言った。教官はつぎの言葉に詰まったらしく、黙って何かを考えていたが、これからは遅れても朝礼には出るようにするんだな、と言っただけだった。

　すぐに部屋に戻ることができたため、同僚からいぶかりの声が聞こえたが、それを説明する気にはなれなかった。

卒業式の前の晩、不寝番についた同僚が教官室の秘密書類を盗み見たという。配置先の書類は見当たらなかったが、採用されたときの成績表があったのでそれを見てきたといい、私の成績は四十五番とのことであった。五十番と五十一番の成績に大差はなくても、合否という大差があることになり、もし、私が受験していなかったら五十一番の人が合格し、私の人生だってどのようになったかわからない。

交番勤務とキャスリーン台風

六カ月間の教養期間を終えて卒業すると、見習いの肩書きがとれて形の上では一人前の巡査になった。私は前橋警察署の久留馬橋巡査派出所に配置になったが、ここには六人の巡査がいて、当番、非番、日勤の繰り返しになっていた。当番勤務は朝の八時三十分から二十四時間となっており、立番、見張、警ら、休憩などすべて一時間刻みになっていた。日勤は朝から夕方までの八時間勤務になっており、戸口調査やヤミ物資の取り締まりなどをすることになっていた。出勤すると朝礼があり、当番幹部によって服装や携帯品などの検査が行なわれ、指示や手配を受けてから勤務を交替した。このようなサイクルで勤務が続けられており、一日の休みも与えられることがなかった。

交番に勤務して五日目に関東地方が大型のキャスリーン台風に襲われた。各地に大きな被害をもたらしたため、大渡橋の警戒を命ぜられて橋の通行の禁止の措置をとった。家族が向こう岸におり、なんとか通してもらえないかとの申し出があったが、頑としてはねつけていた。濁流が警戒水域を上回ると堤防の一角が崩れ始め、橋のたもとをえぐるようになり、つぎつぎに商店をのみ込んでいった。商品を運び出そうとしている人たちの危険を防いだり、ごった返している見物人の整理もしなければならず、てんやわんやの時間がしばらく続いた。

小康状態になると家財道具や商品の後片付けが始まったが、土地も建物も失った人は茫然《ぼうぜん》としており、運び出した商品を収める場所がなく困惑している人もいた。雨がやむと入れかわり立ちかわり流れを見にやってきていたが、あまりにも変わった姿にびっくりしていた人もいた。見物にやってきた人の話によると、下流でも大きな被害が出ているといい、台風の被害がかなり広範囲にわたっていることを知った。

予定されていた時刻になっても交替要員は見えない。川の流れは減水してきたものの危険な状態は続いており、勤務がいつ解除になるか見当もつかない。濡れた衣服を着替えることもできず、空腹を覚えてきたがどうすることもできない。

橋のたもとで徹夜の警戒をすることになったため、先輩と交替しながら見張りについた。朝から立ちっぱなしのために足が棒のようになったが休憩する場所もなく、制服のまま道路端に腰を下ろした。わずかの仮眠で朝を迎えたため、頭はぼんやりしており、通行人から「ごくろうさま」と声をかけられても返事をするのが億劫《おっくう》になっていた。

いつになっても交替要員がやってこないため本署に電話すると、引き続いて勤務するように指示された。空腹に耐えがたくなってきたとき、戦争中のことを思い出してしまったが、任務が解除になったのは正午を過ぎてからであった。

ヤミ米の取り締まり

前橋警察署の管内には八つの交番と二十六の駐在所があった。交番にはそれぞれに受け持ち区が決められており、私が担当したのは場末の住宅街であった。戸口調査簿にはお年寄りから赤ん坊まですべての名前が載っており、職業や生年月日だけでなく参考になることも記載されていた。毎戸を訪問して変化がないかどうか確かめたり、警察に対する要望を聞くなどしたが、多くの人が戸口調査に協力的であった。

人との会話を苦手にした私も徐々に慣れ、お世辞を言われて喜んだり、古老の蘊蓄《うんちく》のある話に耳を傾けたりした。露骨な警察批判に閉口したこともあったが、さまざまな人に接しているうちに人の見方がわかるようになった。

当番勤務にあっては夜間に三回の仮眠をとることができたが、一時間刻みになっていたため立番をしながら居眠りをしてしまうこともしばしばあった。一日の勤務が終了すると、各自が勤務日誌に必要事項を記入して提出することになっていたが、職務訊問もヤミ物資の取り締まりも苦手にしていたため、私の日誌はほとんどが空欄になっていた。

食糧管理法のほかに物価統制令や価格表示規則などがあった。魚や野菜や菓子類なども規制されており、店頭に並べられていたわずかな商品にも値札がつけられていた。たばこや酒の配給があったが、それだけでは足りないためにヤミのたばこが横行し、ドブロクが密造されたりしていた。捨てられたたばこの吸い殻を拾い集めたり、枯れた草の葉を辞書などの薄紙で巻いてたばこ代わりにする姿を見かけたこともあった。

当時の警察官の給料は千円とか二千円というものであり、ヤミ米を買うことができなった。栄養失調で裁判官が死亡したというニュースを耳にしたとき、大きなショックを受けてしまった。裁判官と警察官の違いはあっても、法を守らなければならない立場では共通しており、どのように取り締まったらよいか深刻に考えてしまった。

交番の前はさまざまな人が通って行った。交通違反は注意することができたが、ヤミ米の取り締まりになると躊躇《ちゅうちょ》してしまった。立番をしていたとき、荷物を背負った初老の婦人が交番に近づいてくるのが見えた。ヤミ米を持っていると思われたが、どうしても取り締まる気になれない。見て見ぬふりをすれば職務怠慢のそしりを招きかねず、用事を思い出したように装って交番に入ってしまった。

定期招集に署長の訓示があったが、防犯課長の指示は「ヤミ米の取り締まりについて」と題するものであった。

「一カ月に一件も食糧管理法違反の検挙をしない巡査がいるが、取り締まる気になりさえすればいくらでも検挙できるんだ。違反者を見逃す癖をつけてしまうと、のさばられせることになるからどしどし取り締まってくれ」

このように指示されたために取り締まらざる得なくなってきた。

警らをしていたとき、ヤミ米を持ったと思える中年の男が横道にそれようとした。呼びとめて職務訊問をすると、これを持って帰らないと家族が飢え死にしてしまうんです、と言った。その場で取り締まりができなくなり、私は警らを続けなければならないが、悪いことをしたと思ったら三時に交番にきてくれませんか、と言った。男は約束した時間に見えたため、またもや取り締まりをする気になれず、電話のベルにかこつけ、用事ができたので今後は注意してください、と説諭しただけであった。

交番は駅の近くにあったし、付近に学校があったから朝夕には通勤や通学する人たちで賑わっていた。自転車の二人乗りや無灯火は禁止されているため、交番の近くにやってくるとほとんどの者が下車し、通り過ぎると乗り出したりしていた。

二人乗りの学生が見えたので注意すると、振り返りながら通り過ぎて行ったために自転車で追いかけた。一人は途中で下車したが、なおも逃げ続けたために追跡し、二キロほどで追いつくと、学生の顔は青ざめて全身をわなわなと震わせていた。私の呼吸も乱れていたからすぐに言葉を発することができず、落ち着くまでに相手のことを考える余裕が生まれてきた。こんな追いかけっこは今回だけにしてくれよ、と言うと、ぴょこんと頭を下げ、すみませんでした、と言った。

初めての犯人逮捕

交番の管内には三軒の旅館があったが、「宿泊人名簿」の備え付けを義務づけられていた。立ち入り調査をすることもあったし、主人や女中さんから名簿の写《うつし》が届けられたりしていたから顔なじみになっていた。どんなに懇意になっても、仕事に関係のある業者からはお茶以外はごちそうにならないと決めていた。

先輩が警らに出かけて一人で勤務していたとき、A旅館の主人が足早にやってきた。

「夕べ泊まった二人の若者は大金を持っており、女中さんにもたくさんのチップをはずんでおり、何か悪いことをしているのではないかと思ったので知らせにあがったのです。私が知らせたことがわかると何をされるか心配ですし、内密にしてもらいたいのです」

客を見る目が肥えている主人の知らせであったが、先輩が不在であったためにとりあえず人相や着衣などを警察手帳にメモした。女中さんに尋ねればはっきりするかもしれないが、ばれてしまうおそれがあり、どのようにしたらよいか考えていたとき先輩が戻ってきた。

私服に着替えて旅館から離れた物陰で張り込むことになり、三十分ほどすると黒かばんを手にした二人の若者が旅館から出てきた。一人は背が高く、もう一人は背が低くて太っており、主人が話した人相にそっくりであり、尾行しながら駅の方に向かった。

二人が交番の前を通り過ぎようとしたとき、先輩は思いついたような恰好をしながら、「もし、もし」と声をかけた。立ち止まったため、これからどこへ行かれますか、と尋ねると、どこへ行ったっていいじゃないか、という返事であった。

「差し支えなかったら、かばんの中身を調べさせてもらえませんか」

「それはできないね」

「昨夜、若い二人組による強盗事件が発生し、いま、捜査しているところなんです。あなたがたが強盗犯人かどうかわかりませんが、はっきりさせたいので持ち物を調べさせてもらえませんか」

若者は電車に間に合わなくなってしまうと言っていたが、強盗の容疑がかけられたために身動きができなくなったらしかった。

「持ち物を見せてくれれば、疑いが晴れるんじゃないですか」

しぶしぶとかばんから取り出したのは新聞と雑誌であった。犯罪を疑うような物は何一つなかったが、すべてを取り出したとは思えなかった。さらに提出を求めると、今度は多額の現金とたくさんの宝クジを取り出した。

「大金や宝クジはどこで手に入れたのですか」

「……」

「あなたがたには、タタキ（強盗）の疑いがかかっているんですよ。いつまでも黙っているとより疑いが増すことになりますよ」

「……」

「しゃべらなくても、あなたがたに窃盗の前科があることはわかっているんです」

「タタキはしていないよ」

「それではノビ（忍び込み）ですか」

「こうなってしまっては、本当のことを話すことにするよ。おれたちは、あっちこっちの事務所を荒らして現金を盗んでいたんだ」

私は二人の動静に注意しながら先輩の訊問のやり方を見ていた。「ウソも方便」ということわざがあるが、若者は先輩のトリックに引っかかって自供に追い込まれてしまった。捜査の経験のとぼしい私には、トリックを用いることもできなければ、このような職務訊問もできなかった。

署長から表彰されて金一封をいただいたが、先輩のように喜ぶことはできなかった。

県内にアメリカ軍の駐屯地があり、警備のために交番の巡査が交替で派遣されていた。小泉にはパンパンガールと呼ばれている売春婦がおり、その取り締まりを兼ねることになっていた。MPと一緒に勤務をしながら片言の英語を使うと通じたし、スラング語を使うとびっくりしており、沖縄でアメリカ軍と戦って捕虜になった話をすると親近感を覚えたらしかった。日本の食糧事情を知っているらしく、勤務を終えて帰るときにキャンディを持ってきてくれたが、その味はいまだ忘れることができない。

年末になると頻繁に夜警が実施されるようになったが、ほとんどが非番の日に割り当てられていた。ある夜、本署から十キロメートル以上も離れた山の中腹で張り込むことになり、上り坂になっている数キロの砂利道を自転車で走った。午前零時から三時までが張り込みになっていたが、自転車や歩行者の通行はほとんどなく、睡魔に襲われたり、寒さに耐えながらの勤務となった。物陰に隠れたまま動くこともできず、ときおり星空を眺めては退屈を紛らわせていたが、見えたのは巡視にやってきた幹部だけだった。

午前三時から密行に移ったが、夜警を終えて下宿に戻ったときにはすでに明るくなっていた。大みそかは午後十二時まで夜警が割り当てられており、元日は朝から当番勤務についたため正月は休みなしの勤務となった。

日本国憲法の施行によってさまざまな法律が制定されたり、改正されたりした。大きく改正されたのが民法であり、伝統的な家族制度が廃止されることになった。警察官にもっとも関係のある警察法も大きく改正され、国家地方警察と自治体警察に二分されることになると、ある幹部は、これは警察の弱体化を狙《ねら》ったアメリカの陰謀だ、と吐き捨てるように言っていた。

警察官が大量に増員されることになり、募集の広告が新聞に載るようになると、異動が気になって仕事に手がつかない状態の先輩もいた。

いよいよ警察法が施行され、それに伴って大規模の人事異動が行なわれた。私は山の中の長野原町警察署に配置になったため、辞めたいという気持ちがさらに強くなってきた。そのことを父親に話すと、いとこが長いこと官吏をやっていたから意見を聞いてみたらどうか、と言われて出かけて行った。

「おれも若いときに山の中で勤務したことがあったが、行くときにはいやで仕方がなかった。三年で異動になったときには離れたくなかったし、若いときにはいろいろと経験しておくのが大事だと思うんだ」

誰一人賛成する者がおらず、しかたなく山の警察署に赴任することにした。

山の中の自治体警察署へ赴任

二つのバスを乗り継いで渋川駅まで行ったが、列車はいつ発車するかわからないという。二月初旬といえば一年でもっとも寒い季節であり、一時間以上も透き間風の入る待合室で待たされた。改札が始まると、人と荷物が押し合いへし合いながら列車に乗り込み、椅子の奪い合いになった。貨客混合の列車は駅でないところでも停車し、土砂を下ろすなどしていたため、二時間以上も遅れて終点の長野原駅に着いた。

列車から降りると、辺りの山はすっぽりと雪に覆われており、川の流れも寒さに震えているように思えた。駅前で客を待っていたのは、トラックを利用した省営バスであり、乗客は木製のハシゴを利用して荷台に上っていった。どんよりしていた空からはちらちらと雪が舞い落ちるようになり、道路はこちこちに凍っていた。左手に米が入ったトランクを下げ、衣類などが入った行李《こうり》を担いでいたから何度も転びそうになった。

　下宿が予定されていたのは、警察署の前にあったT旅館であり、巡査が転勤した後に入れてもらうことになっていた。給料の範囲で賄ってもらえるものと思っていたが、おかみさんから、給料を全部いただいても足りませんよ、と言われ、交渉した結果、主食を提供するという条件で下宿させてもらうことにした。

　長野原町の人口は八千人足らずであったが、関東耶馬渓から浅間高原まで管内はかなり広かった。ほとんどが山間部になっていたため、当初は自治体警察の対象になっていなかったという。国鉄長野原線は六合《くに》村の鉄鉱石を運ぶために戦時中に敷設《ふせつ》され、戦後になってから客を運ぶようになった。新軽井沢駅から草津温泉駅まで軽便《けいべん》鉄道が浅間高原を抜けており、湯治客や沿線に住む人たちに利用されていた。町内にあった唯一の映画館もすでに廃館になっており、図書館もなければパチンコなどの娯楽施設もなく、文房具の販売を兼ねた小さな書店があったのみであった。

　署長以下十名という小さな警察署であり、次席が捜査主任を兼ねており、川原湯と大津と北軽井沢の三カ所に駐在所があった。捜査と防犯と警備係の巡査がいたが、私は経理と受け付けの仕事をすることになり、署内外の清掃とお茶くみが主なものになっていた。警察署に訪ねてくる人は少なく、毎日が道路を横切っているだけだったから町の様子を知ることができなかった。

管外に出るときには署長の許可を受けなければならなかったが、月に一回、実家に米をもらいにいくことが許されていた。そのときに映画を見るのが楽しみになっており、退屈を紛らすための読書であったが、書店に立ち寄って本をあさるようになった。

泥棒の人権

桜の咲くのは四月の下旬であり、待ち遠しかった春がやってきた。いつものように受け付けにいると、長野原駅から、いま、列車内で二人のお客さんが言い争っており、すぐにきてくれませんか、との電話があった。

先輩と自転車で急ぐと、一人の男が、盗まれた靴だから返してくれ、と言っていた。もう一人の男は、これは買ったものだから返すことはできない、と言っており、言い争いの原因がわかった。

先輩が被害者から事情を聞いた。

「東京に出張するため、玄関に靴を出しておいたところ盗まれてしまったのです。犯人が車内にいるかもしれないと思って探していたところ、この男が私の靴を履いており、返してくれというと、買ったものだから返せないといわれ、言い争いになったのです」

それを聞いていた若い男が、おれは盗んでなんかいないよ、これは買ったんだよ、と反発した。本署まで任意同行を求めると、疑われたんじゃ警察で白黒をつけてもらうことにするか、と言って素直に応じた。

ベテランの刑事が取り調べをし、私が立ち会うことになったが、このようなことは初めての経験であった。

「おまえさんが靴を盗んだことは、はっきりしていることなんだ。いくら買ったと言い張ったところで、文無しのおまえさんが買えるわけがないじゃないか」

「靴を買ったから金がなくなったんだよ」

「盗んでいないといっても、盗んだ靴を履いているのが何よりの証拠じゃないか」

「買ったものまで盗んだと言わなくちゃならないんかね」

「おい、ふざけたことを言うじゃないか。靴を盗んだから泥棒と言っているんだ。おまえには二つもマエ（前科）があるし、いいかげんにゲロ（自白）したらどうなんだ」

「前科があるから盗みをしていると決めつけるんかね。それは人権蹂躙《じゅうりん》じゃないのかね。民主主義になって法律も変わっているはずだが」

このように抵抗され、先輩の刑事はかっかとなった。

「泥棒に人権があるんだったら、犬や猫にやった方がましというものだ」

先輩と若い男のやり取りを聞いていたが、どちらに軍配を上げることもできない。窃盗の前科があったとして、本当に盗んでいなかったら、もっと怒りを爆発してもよいのではないか、と思ってしまった。ところが男はあまりにも平然としており、そのことがかえって不自然に思えてきた。密室にこもっていたむんむんとした熱気を冷まそうと思い、お茶の用意をして男に差し出すと、こんな強情なやつにやることなんかないや、と言って取り上げたからますます険悪になってしまった。

「あなたには、親もいれば兄弟もいるんだろう」

先輩は何を思ったのか、今度は静かな口調で話しかけ、なだめたりすかしたりしたが効果はなかった。重苦しい沈黙がいつまでも続き、どうすることもできないような状態になってしまった。

「いつまでも黙ってりゃいいや。どんなことをしてでも証拠を見つけ、おまえをふんじばってくれるぞ」

捨てぜりふを残して先輩は荒々しくドアを閉めて出ていった。

五分たっても十分たっても戻ってこなかった。私には経験がなかったから取り調べることはできなかったが、いつまでも黙っていることもできなくなった。

「Sさんには、親や兄弟はいるんですか」

「両親もいるし、妹や弟もいるんです」

先輩には答えようとしなかったが、私の質問には素直に答えた。男の夢は映画技師になることだといい、私の実家の隣村であったために親しみを覚えた。以前、警察で取り調べられたとき、ひどい仕打ちをされたと言い出し、いろいろのことをしゃべるようになったが、靴については自ら話そうとしなかった。

「Sさんは、いま、いくら持っているんですか」

「前から話しているように一銭も持っていないんだよ」

事件にかかわると思ったらしく、考えながら話をするようになった。

「高崎駅までの切符を持っているようですが、靴を買ったのと切符を買ったのとどちらが先でしたか」

「切符が先でした」

「それでは、靴を買ったときのことを話してくれませんか」

「切符を買って長野原行きのバスを待っていたとき、四十歳ぐらいの見知らぬ男が見え、『この靴を四百円で買ってくれませんか』と言ったのです。履いてみたらちょうどよかったし、安いと思ったから買ったんです」

「そのとき、Sさんの財布にはいくら入っていたんですか」

「四百円あったから買うことができたんです」

「すると、その見知らぬ人は、Sさんの財布に四百円しか入っていないのを知っていたみたいですね」

「……」

「どうして返事ができないんですか」

「参ってしまったよ。いままで何度も警察で取り調べられたから、どのように話せばよいかわかっていたよ。こんな取り調べをされたんじゃ、ウソもつけなくなるよ。今度だって初めから泥棒扱いじゃないか。あんな取り調べをされたんじゃ、殺されたってしゃべるもんか、という気になってしまうよ」

先輩の刑事が取り調べをしても自供しなかった若者であったが、世間話をしているうちに自白してしまった。取り調べの技術があったわけではなかったが、私が署長から褒められると、先輩は不服な表情を見せていた。

山小屋に住み着いた乞食《こじき》

軽犯罪法が施行されて数ヵ月が経過したとき、A地区の数人の有志が警察に見えた。

「半月ほど前から乞食が山小屋に住み着いており、たき火などして危険だからなんとかしてくれませんか」

その人たちに案内してもらって出かけると、山小屋が見えるところまで行くと立ち止まってしまった。乞食に顔を見られて仕返しをされることを恐れていたため、雑草をかき分けながら一人で山小屋に行った。

ヒゲをぼうぼうに伸ばした大きな男がいたが、顔がすすぼけていたからいくつぐらいなのかはっきりしない。

「警察の者ですが、いつからここに住んでいるんですか」

言葉が通じないのか、表情にはまったく変化が見られない。拾ってきたと思える大小のいくつもの空き缶があり、炊事をしていた形跡も見られた。食糧を生産しているとは考えにくかったが、高邁《こうまい》な理想を掲げて山にこもる修行者もいるため、すぐに乞食と決めつけることはできなかった。

「ここで何をしているんですか」

ゆっくりと、はっきりとしゃべったのに何の返事もなかった。

どのように言葉をかけても反応を示さないため、耳が聞こえないのかもしれないと思ってしまった。

「他人の小屋に無断で入ってはいけないんですが」

今度は言葉が通じたらしく、ゆっくりと体を動かして空き缶を袋に詰め始めた。地区の人たちは乞食が姿を消せば一安心できるし、私だって職務を果たすことになるが、乞食を安住の地から追い出すことになるため少しばかり気が引けた。

乞食がどんなことを考えているのか知る術《すべ》はないが、どうして地区の人たちは乞食をこれほど怖がっていたのだろうか。

山道を下りながらふたたび男に言葉をかけた。

「あなたの本籍はどこですか」

本籍という言葉が理解できなかったのか、それには答えようとしない。

「生まれたところはどこですか」

「ふくすま」

男が初めて口を開いたとき、東北なまりがあることがわかった。

「名前は、何と言いますか」

「いとうまさお」

「いとうさん、これからだんだんと寒くなるんだから、もっと暖かなところで働くようにしたらどうですか」

男がくすくすと笑い出したが、その理由がわからなかった。

「何かおかしなことを言いましたか」

「だって、いとうさんと呼ぶんだもの」

どうやらこの男は、いままで、誰からも「さん」をつけて呼ばれたことはなかったらしい。乞食をしていたとなれば、軽犯罪法の違反になる。ほとんどの乞食が住所不定であり、逮捕するにしても任意で取り調べるにしても、乞食をしていたことを証明しなくてはならない。逮捕状を得て逮捕することは可能であるが、拘留か科料に処せられても科料を支払うことはできそうにないし、拘留になると三十日未満で釈放されることになる。逮捕して反省するならともかく、留置場の暮らしの方がよいと考えられても困りものであり、取り扱いに苦慮させられた。

「これから、真面目《まじめ》に働くことを考えたらどうですか」

別れ際にこう言ったが、男は無表情のまま南に向かって歩いて行った。

人と本との出会い

警察官職務執行法や刑事訴訟法が大きく改正されたため、刑事講習を受けることになった。五十人の受講生が警察学校に入ったが、同期のK君がいて同部屋となったため、話をする機会が多くなった。文学好きなだけでなく博学であるのにびっくりさせられ、文学談義に耳を傾けるようになった。

新しい教科書はいまだ間に合わず、印刷物もなかったから、ざら紙に教官の話を書き入れていた。教官だって新しい法律に対応できているとは思えず、教える方にも教えられる方にも少なからずとまどいがあった。

教官が供述拒否権の説明を始めたとき、ベテランの刑事が手を挙げて質問をした。

「犯人を調べるのに、どうして供述拒否権を告げなければならないんですか。言いたくないことは言わなくてもいい、と告げて取り調べをしたんじゃ、誰も自白しなくなるんじゃないですか」

「法律というのは一つのルールであり、警察は決められた法律によって捜査していくほかないんです。供述拒否権も人権の問題もみんな新しい憲法が望んでいるところであり、この精神をくんで刑事訴訟法が誕生しているわけです」

戦前から刑事になっている人の間には、供述拒否権に抵抗感のある者が少なくなかった。憲法に人権の尊重が盛り込まれようとも、刑事訴訟法にどんなことが規定されようとも、戦前から捜査をやってきたベテランの刑事の考え方を改めさせるのは容易ではなさそうだ。

現任教養が残り少なくなったとき、いつものように卒業試験が行なわれることになった。すると一人の生徒が、こんなにたくさんの法律を詰め込まれたんじゃ、問題を教えてくれなくちゃ答案を書くことができませんよ、と教官に申し出た。このような不躾《ぶしつけ》な質問ができたのも、教官は国家地方警察であり、生徒は自治体の警察官であって身分が異なっていたからかもしれない。

ふだんは勉強をしていない生徒も、ねじり鉢巻きで取り組むようになった。私も負けじと出題されそうな箇所を重点に丸暗記を始めたところ、コーヒーを飲みに行かないか、とK君に誘われた。勉強が優先すると思っていたので断わると、試験には関係がないといわんばかりに一人で出かけていった。

その翌日、ふたたびK君に声をかけられた。

「勉強をすればよい成績を得ることができるし、出世の早道になるかもしれないが、それは付け焼き刃みたいなものじゃないのかね。丸暗記したことはすぐに忘れてしまうし、身につかない勉強のために眠いのを我慢するなんてナンセンスだと思うんだよ」

このように言われたために反論することができず、いやいやながらK君と一緒に喫茶店に出かけて行った。戻ってくると丸暗記をしようという気にはなれず、考え方に少しばかり変化が生じていた。案の定、試験の成績は芳しいものではなかったが、K君から学んだことがより価値があったように思えてきた。

卒業して署に戻ると歳末警戒が始まっており、休みを与えられずに夜警戒に従事した。張り込みをしているときには動くことができず、未明になると厚着をしていても全身が震えるほどの寒さを覚えた。一日おきの夜警は大みそかまで続き、元日は当番勤務を割り当てられ、休みの日であっても自由に行動することができなかった。

K君に影響されたためか、だんだんと本を読みたいという気持ちが強くなってきた。本代を捻出《ねんしゅつ》するために間借りして自炊することにし、魚屋さんや八百屋さんから買い物をするようになった。町の人たちと接するようになると、青年が主体となっている読書会があるのを知って入会し、輪読することができた。会員からすすめられた一冊の本を読んだとき、全身が震えるような感動を覚え、いつの間にか本の虜《とりこ》のようになった。

読書会員のなかに何人かの未成年者がいた。親しくなってきたため、私の前でたばこを吸う者が出るようになった。侮辱されたような気にさせられたが、職務を執行する気にはなれず、友達にでも話しかけるように注意することにした。

「もし、あなたが警察官であり、未成年者の私があなたの目の前でたばこを吸ったらどんな気になるか、そのことを考えてくれませんか」

相手がどのように感じたかわからなかったが、その後は私の前でたばこを吸う未成年者は一人もいなかった。

私は毎月一回、実家へ米をもらいに行っており、その帰りに書店に立ち寄って本を買うようになった。読みたい本があっても、小遣銭の都合で買わずに出ることもあったが、どうしても手に入れたくなり、バスの停留所から引っ返したこともあった。いつの間にか三十円で買えた「アテネ文庫」の愛読者になったため、どんなに列車が遅れても苦にならなくなっていた。

当時、警察官は乗車券を買わずに列車やバスに乗ることができたし、職務のために映画館に入ることもできた。だが、帰りは米を持っていたため、乗車券を購入したこともあれば、他人にさとられないようにして米を持ち帰ったこともあった。

見習い刑事となる

刑事講習を終えて三カ月したとき女子事務員が採用になった。私は経理係兼見習い刑事を命ぜられ、捜査にも従事するようになった。先輩に連れられて犯罪の捜査をしているうちに、町の人たちから「刑事さん」と呼ばれて面映い思いをさせられた。先輩から学ぶべきことはたくさんあったが、考え方に大きな違いがあったから取捨選択をしなければならなかった。

署内勤務のときには時計の必要性をあまり感じなかったが、捜査に出かけると時間を気にするようになった。安物の腕時計が故障したため、町の唯一の時計屋さんに修理を頼んだところ、一週間ほど待ってほしいと言われた。待ち遠しかったためにすぐに受け取りにいくと、部品を取り寄せているから二週間ほど待ってほしいという。主人は熱心な新興宗教の信者であり、行くたびに入信をすすめられたが、警察官は特定の宗教団体に加入することはできなかった。

待ちに待った時計の修理ができあがることになり、現金を用意して出かけていったが、まだ修理ができていなかった。初めは時計がないことに不便を感じていたが、慣れるに従って時間を気にしなくなっていた。時計のあるときは時間をあてに行動していたが、時計を持たないと時間に拘束されない自由があることがわかった。時計屋さんに修理の催促をする必要がなくなり、修理ができた旨の連絡があっても受け取りにいく気になれず、時計屋さんが届けてくれた。

捜査に出かけたときにヤミ米を背負っている人を見かけることがあったが、見て見ぬふりをすることが多かった。捜査から戻ったときに二人の娘さんが小豆《あずき》を所持しており、防犯の係員の取り調べを受けていた。ありふれた光景であったから気にはならなかったが、娘さんが、風呂敷《ふろしき》を返してくれませんかと言ったとき、上司の怒鳴り声が聞こえた。

「犯罪を犯しながら証拠品を返してくれとは何事だ。風呂敷も犯罪に利用されたものだから没収だ」

いつもやっている手続きは、違反になった食糧品は食糧営団で買い上げてもらい、金を検察庁に送っており、風呂敷や袋は返すことが多かった。当然、風呂敷は娘さんに返されるものと思っていたからいささかびっくりしてしまった。

娘さんがどのような取り調べを受けたかわからないが、防犯係も二人の娘さんに対してつっけんどんであった。どんな事情があるにしろ、怒鳴ることはあるまいと思っていたが、娘さんをかばうことはできなかった。

結局、小豆は買い上げてもらうことになり、上司に言いつけられて食糧営団に行った。ここでは風呂敷を返してくれたため、上司に伺いを立てずにその場で娘さんに返してしまった。それで済んでいれば私の脳裏に残ることはなかったが、数日後、前に下宿していた旅館のおかみさんから電話があった。

「どんな用件かわからないんですが、深沢さんに会いたいと言って二人の娘さんが見えているんです」

T旅館にいたのは、先日、小豆を持っていて取り締まりを受けた娘さんであった。

「先日は大変お世話になりました。父親が漁師をやっており、お礼に魚を持ってきたのですが、受け取ってもらえませんか」

魚一匹で大騒ぎすることはないかもしれないが、魚は統制品になっていたし、風呂敷を返してもらったお礼とあっては受け取ることはできない。風呂敷を返してもらったことは娘さんにはうれしかったかもしれないが、上司の意向を無視しただけでなく、受け取れば犯罪の疑いをかけられことになる。

私が固辞し続けたものだから思案にくれていたが、おかみさんのとりなしによってその場は解決することができた。夕食の準備をしていたとき、旅館のおかみさんが刺身《さしみ》を持ってきてくれたが、複雑な気持ちで食べざるを得なかった。

土蔵破り事件

暑さ寒さも彼岸までといわれているが、きょうの冷え込みは格別のようだ。起きるのをためらっていると、応桑で土蔵破りが発生したからすぐに出署するように、との呼び出しがあった。現場はバスや電車の便のない山の中の集落であり、すべてが上り坂になっていたが、帰りのことを考えて自転車で出かけた。

被害者は集落で一番の大尽《だいじん》といわれており、門構えを見ただけでびっくりさせられた。被害にあったのは数十点の衣類ということであったが、その数だって正確につかむことができないらしい。この土蔵にはカギが掛けてなかったというし、一カ月前に土蔵に入ってから一度も入っていないという。

早速、実況見分に取りかかった。

最初に土蔵の周辺を調べて写真の撮影をしたが、犯罪の痕跡はまったく見られない。古すぎた扉からは指紋を採取することができず、懐中電灯を照らしながら土蔵に入った。一階は食糧品などが貯蔵されていて物色された形跡はなく、二階に上がったところに二本のたばこの吸い殻と数本のマッチの軸が落ちていた。古いタンスは三竿《さお》あったが、すべての引き出しが開かれたままになっており、ほとんどが空っぽになっていた。犯人は引き出しを下から上に順に荒らしているプロの仕業と思われが、単独犯なのか複数の犯行なのかはっきりしない。

広い屋敷内を調べたところ、日時が経過していたため足跡を見つけることはできない。片隅に干からびた脱糞があったため、何を食べていたか調べるために紙に包んで持ち帰ることにし、二人で手分けをして周辺の聞き込みをすることにした。

集落には起伏のある道路が多く、雨が降ると川のようになってしまうらしく小石がごろごろしていた。自転車に乗ることはできず、転がしながら巡ったが、農繁期のためにほとんどの家が留守になっていた。

そのため、農作業を手伝いながらの聞き込みとなった。

「どうして留守にするときにカギを掛けないのですか」

「カギを掛ければ泥棒の用心になるかもしれねぇが、そんなことをすると隣近所を疑うことになってしまうんだよ。みんな顔見知りの間柄だし、他所《よそ》の人がやってくるとみんなわかるから必要もないんだよ」

こんな話を聞かされ、土蔵にも住宅にもカギを掛けていない理由がはっきりした。

隣の集落に向かうとき、農作業をしていた中年の男がいたので声をかけた。

「土蔵破りの捜査をしているんですが、不審な人を見かけたことはありませんか」

「警察官は決まった給料をもらっているからいいが、百姓はお天気次第で食うことだってできなくなってしまうんだ」

何か不機嫌だったらしく、いきなりこう言われてしまった。じっくり話を聞くと、大雨で各地に崖《がけ》崩れが発生して道路が不通になり、特産のカンランが出荷できなくなり、それらが廃棄されて大きな損害を受けていたことがわかった。私には給料が安すぎるという不満があったが、この話を聞いてはそれを口にすることができなかった。

この日の捜査を終えたのは午後八時過ぎであり、ほの白く見える道路を自転車で下ったが、急坂のためにブレーキをかける手が痛くなってきた。生い茂った木立ちに囲まれた古森の坂に差しかかったとき、熊が出没する話を思い出して身の毛がよだつ思いがした。

翌日も山の中の集落に出かけていったが、聞き込みをしながら気がついたのは、他の集落の人の悪口を言っても、集落内の人たちの悪口を口にする者がいないことだった。

ある農家に行ったとき、お年寄りに愚痴をこぼされてしまった。

「働き者の嫁であったが、二人の男の子を産んでからはすっかりと体を壊してしまい、いまは働かずに医者通いをするようになってしまったんだよ。追い出したいと思っても、二人のかわいい孫がいてはそれもできず、いつかは孫が役にたってくれるものと思って諦《あきら》めているんだよ」

農村に育った私には、このお年寄り愚痴が痛いほどわかったが、賛成するわけにいかず、別れるときにちょっぴりと私の意見を述べた。

マッチの軸木が松でできており、柾目《まさめ》のものとざらざらした面を持ったものと二種類があった。現場に落ちていたマッチの軸木は柾目のもので高級品であり、たばこの吸い殻の文字からU専売局でつくられたものと判明した。どちらも大量につくられていたから犯人を突き止めるのは難しい。マッチやたばこが高級品だからといっても、犯人が高級な生活をしているとは限らない。大金が手に入ったときに派手な遊びをしている可能性も考えられたが、盗みを職業にしていることは間違いないようだ。

県内の都市の質屋さんから贓品《ぞうひん》を発見できなかったため、日曜日の朝早く先輩とともに長野県の佐久方面に自転車で出かけた。県境の峰の茶屋まで四時間以上もかかってしまい、小休止をしていると心地よい風がほほをなでていった。目の前には浅間山の雄姿がそびえており、遠く白根の山々を眺めることができたが、のんびりと見入っているわけにはいかない。

長野県に入るとバラス（砂利・砕石）の急な砂利道が続いており、ブレーキをかける手が痛くなり、凸凹《でこぼこ》のある道にハンドルをとられたりした。峰の茶屋から一時間ほどで佐久に着いたため、二人で手分けをして質屋さんや古物商などを調べることにした。

地理不案内のうえ、他所の警察に非協力の店もあったから捜査ははかどらない。長野原町の人の名前で腕時計が入質されており、参考になりそうな事項についてすべてメモした。時刻が四時を指したころ、山の中に一軒の温泉旅館があるのを思い出し、そこを巡ることにした。

軽井沢まで自転車で行き、新軽井沢の駅の人に事情を告げ、軽便鉄道の貨車に自転車とともに乗せてもらった。温泉駅で下車し、自転車でハイキングコースを通ったが、旅館に近づいたころにはぽつりぽつりと雨が落ちてきた。雨具の用意はなかったし、辺りもだんだんと暗くなってきた。

おかみさんから宿泊人名簿を見せてもらい、不審な客の宿泊の有無を尋ねたが、捜査の参考になるような情報を得ることはできなかった。風呂をすすめてくれたがそんな余裕はなく、最終の電車に乗るために薄暗い小雨のなかを急いだ。

貨客混合の軽便電車は定刻にやってきたため、自転車を貨車に乗せてもらったが、客車に乗っていたのは十数人であった。山の中をうねるように走り、二つ目の駅に差しかかったときに脱線してしまったが、列車妨害ではないらしい。乗客はぞろぞろと降りてどこからか角材を持ってきて脱線した車輪にあてがったが、下り勾配になっていたため、みんなで押すとすぐに車輪がレールに収まった。

贓品捜査からは有力な情報を得ることはできず、犯罪の手口や被害通報票などによって犯人を割り出していくことにした。土蔵破りは県内一円で発生していたが、縄張り根性があっただけでなく、各自治体警察の連携が不十分であったから捜査はうまくいかない。

聞き込みをしているとき、集落の者からつまはじきにされている一人の若者が捜査線上にのぼってきた。窃盗の前科があるだけでなく、仕事をせずにぶらぶらしていることがはっきりした。

「遊んで生活をしているのは、何か悪いことをしている証拠だ」

先輩がそう言ったけれど、どうしても裏づけをとることができない。

捜査にはたくさんの無駄があるといわれているが、初めからわかるわけではない。無駄かもしれないと思いながら捜査し、ときには貴重な情報が得られることもある。犯罪が発生しているんだから犯人がいるはずだ、と考えることはできても、犯人にたどり着くのは容易ではない。

きょうも山の集落に出かけて聞き込みをしたが、犯罪の捜査は犯人と刑事との戦いみたいなものであり、いつまで続くかわからない。

お巡りさんには金はもらえない

自炊生活をするようになったため、外食することも多くなった。パンと牛乳を購入しては人気《ひとけ》のない山の中や川原で食べることもあれば、聞き込み先でお茶をごちそうになりながらおむすびを食べることもあった。食堂で食べているときに気がついたのは、味と値段はともかく、警察官を特別に取り扱う店があることだった。そのような店を敬遠するようにしたが、皮肉なことにそのような店の方がより多くの犯罪情報を持っていた。

詐欺事件の捜査のためにY食堂に立ち寄った。参考人の供述調書の作成を終えたときには正午近くになっていた。警察の偉い人と懇意にしており、できることなら避けたかったが、カレーライスを注文した。

食べ終えて代金をテーブルの上に置いて店を出ようとすると、いつもお世話になっているんだから、お巡りさんには金はもらえませんよ、と言って突き返してきた。無理やりにポケットに押し込んできたため、私が注文をし、私が食べたんだから受け取ってくださいよ、と言ってふたたびテーブルの上に置いた。

「そんなに気になさることはありませんよ、警察官の給料は安いし、いつもご苦労なさっており、私どもも協力しているつもりです」

「協力してもらってありがたいと思っており、感謝しなければならないのは私の方かもしれませんね」

「私の店では、どの警察官からももらわないことにしているんです。お気遣いなさることは何もありませんよ」

このようなことがいつまでも続き、少しばかりいらいらしてきた。

「注文をして支払わないとなると、乞食同然となってしまいます。私はそんなことをしたくはないし、人のまねもしたくはないんです」

おかみさんの表情がこわ張るのがわかった。少しばかり言い過ぎたと思ったが、それを言葉にすることができなかった。

世の中の酸《す》いも甘いも知りつくしているおかみさんのことであり、私の心だって見透かされていたに違いない。

「ごちそうさまでした」

こういって代金をテーブルの上に置くと、今度は返してこなかった。

「ありがとうございました。また、きてください」

おかみさんはいつもの笑顔を見せながら、このように言った。

祭典の日の防犯ポスター

ふたたび山の樹木が芽吹きはじめた五月十五日、町で最大の養蚕神社の祭典が行われることになった。読書会のメンバーから、昨年はたくさんの人がインチキな五目並べやクジにひっかかった者がいました、と聞かされていた。上司に報告すると、予防措置をとるように指示されたため、手書きの二種類のポスターをつくることにした。

一つは「スリにご用心」とし、もう一つは「インチキな五目並べやクジに注意してください。とばくは法律で禁止されています」というものであった。

祭りの当日、参道や境内の見やすい箇所に掲示した。露店商が続々とやってきてあっちこっちで店が張られたが、五目並べのところに人の姿が見られなかった。境内を回っていると、客を装ったサクラが声を大にし「勝った、勝った」と叫んでいたが、誰も寄りつかない。業を煮やした数人の露店商が警備本部に抗議にやってきた。

「ひどいじゃないか。おれたちのやっているのはインチキじゃないんだぞ。営業の妨害だからすぐにポスターをはがしてくれないか。おれたちは五目並べを教えているだけであり、これはうまくなるための授業料なんだ」

上司がいくら説明しても納得せず、ポスターをはがすことを強く要求してきた。

「みなさんの話を聞いていると、インチキな五目並べではないということですが、このポスターはインチキな五目並べにご注意を、となっているんですよ。インチキでなかったら堂々とやったらどうですか」

私がポスターをつくったものだから、このように口をはさんでしまった。

初めは高飛車に出て強く抗議し、しばらく上司にかけ合っていた。受け入れられないとなると哀願に変わったが、効果がないと思うと、すごすごと引き上げていった。

暗くなるまで祭典の警備が続いたが、被害の届け出は一件もなく、ポスターの効果があったことがわかった。

警備が終了すると署の宿直室で宴会することになった。いつものように上司から造り酒屋へ行って酒を買ってくるように言いつけられ、空の一升瓶が机の上に置かれた。酒は統制品であったし、酒を飲まなかったから前々から断わろうと思っていたが、きょうは覚悟を決めていた。はっきりと拒否することもできず、いつまでもにらめっこの状態が続いたため、先輩が買いに行って宴会が始まった。

仲間に加わることはできずに当番勤務を引き受けたため、かえってみんなには都合がよかったらしい。

ある公安委員

長野原町警察署には、町民の中から選ばれた三人の公安委員がいた。委員長は互選になっていたが、どのような基準で公安委員が選ばれているのかわからなかった。公安委員会は警察の運営という大きな任務を与えられており、自治体警察のなかには公正さが失われているところもあるという。

平素はおとなしいのだが、酒を飲むと人が変わってしまう公安委員がいた。警察の運営にあたることはできても、個々の警察官を指揮することはできないのに、この公安委員はときどき警察官に指図してきた。

私が当直勤務についていたとき、へべれけに酔っぱらって土足のまま上がってきた。注意することもできないし、そうかといっていやな顔をすることもできず、成り行きに任せていた。よろめくようにして私の前の椅子《いす》に腰をおろし、おい、水だ、水をくれ、と怒鳴ったが、過去にもこのようなことがあったため聞き流していた。

「おい、水だ。何をぐずぐずしているんだ。水だと言っているのがわからねぇのか」

黙って立ち上がってコップに水を汲《く》んできて差し出した。

「おい、若いの、てめぇの態度はなんだ。公安委員がやってきたというのに、どうしてあいさつができねぇんだ」

相手にしたくなかったので返事をしなかった。

「警察は町の人のためにあるんだぞ。てめぇは町の人に厳しいが、町の人の違反を大目に見るのが自治体警察なんだぞ」

公安委員が口にすべき言葉ではなかったが、反発する気にはなれなかった。

「てめぇは署長の言いつけを守らないだけでなく、反抗したというじゃないか。てめぇのために迷惑している町の人だっているんだぞ。出世したいと思ったら、みんなに好かれるようにするんだな」

なおもお説教が続き、だんだんとくどくなってきた。

「お説教をしたいんだったら、素面《しらふ》のときにしてくれませんか。それに、ここは土足で上がることができないから靴を脱いでくれませんか」

黙ってお説教を聞いていたと思っていたらしかったが、急に反発したものだからひどく腹を立てた。

「こんな野郎とは思わなかった、署長に言いつけてクビにしてやるぞ」

捨てぜりふをして帰っていった。

この公安委員は、素面《しらふ》のときと酔っぱらったときの落差は大きく、どれほどのことを覚えているかわからない。

人身売買のトラブル

川原湯駐在所から、売られてきた娘さんから相談があったので係をよこしてくれませんか、との電話があった。防犯係が不在だったため、上司に言いつけられて出かけていったが、人身売買について知っていることといえば、「生活苦のために娘を売る」という見出しの新聞記事を目にした程度であった。

娘さんから事情を聞くと、みやげ店で働く口があると言われてやってきたのですが、売春をさせられそうな気がしたため、おかみさんの目を盗んで相談にあがったという。娘さんには東北のなまりがあり、弟や妹の五人がいて生活が苦しく、家計を手助けするためにやってきた、と言っていた。

K飲食店のおかみさんは上司とも懇意にしており、どのように処置したらよいか考えながら出かけて行った。おかみさんの話を聞くと、知り合いの人に斡旋《あっせん》してもらい、大金を出しているんですよ、と言ったが、その人の名前を明かそうとしない。

おかみさんと娘さんとが話し合ったが、結論を出すことができず、私にもうまい方法を見つけることができない。おかみさんが娘さんの要望を受け入れてくれれば解決できるが、それは望むことができない状態になっていた。

職業安定法の疑いがあっても、具体的な事実をつかんでいるわけではない。人身売買が法に触れないとなると、警察権は介入ができなくなる。何かうまい方法はないだろうか、と考えていたとき、日本国憲法に「何人も、いかなる奴隷的拘束を受けない」という条文があるのを思い出した。

おかみさんから取りなしてもらいたい、と頼まれていたことを知っていた娘さんは、私がおかみさんの肩を持っていると思っていたらしかった。できるだけ娘さんの希望をかなえてあげたいと思い、自由な意志で行動できるようにアドバイスすることにした。娘さんは金を持っていなかったし、借金という弱みを抱えており、どれほど自由な行動がとれるか疑問であった。

とにかく娘さんに話してみることにした。

「双方の話を聞いたけれど、これは警察が仲に入って解決することはできないようです。日本の憲法では金で人の自由を拘束できないことになっており、あなたがここを出たいというんなら、長野原警察署の前のT旅館に話してあげますし、費用がなかったら貸してあげますよ。どのようにするか、それはあなたが決めればいいことなんです」

娘さんに若干の金を手渡し、別室にいたおかみさんに対し、お互いに話し合って解決してくれませんか、と言って店を後にした。

本署に戻ったときには午後八時を過ぎており、上司の姿は見えなかった。

翌朝報告しようとしたところ、すでにK飲食店のおかみさんから話があったらしく耳を貸そうとしなかった。

「こんな大事なことを勝手に処理されては困るじゃないか。自治体警察というのは地元の人を大切にし、他所の娘の肩を持つことはないんだ」

このような言い方をされては黙っていられなくなり、私はそのような考えに賛成できません、と反発した。

「若いときには熱気に走りやすいものだ。正しいことがよいことに違いはないが、世の中は正義だけで生きていくことはできないんだよ」

なおもお説教が続いたため、聞くのに耐え難くなってしまった。

「先日の柔道大会で風邪《かぜ》をこじらせてしまい、頭痛がするので休ませてもらいます」

上司の承諾を得ないまま間借りをしている自室に戻ってしまった。どのように考えても納得することができず、風邪が治らないために次の日も無断で休んでしまった。

床に入っていると、K飲食店の息子だという三十歳ぐらいの若者が見えた。

「私は東京の法律事務所で働いており、きのう母親から事件の内容を聞いてやってきたのです。なぜ、このようなことをしたのか、あなたの意見を聞かせてくれませんか」

言葉遣いは丁寧であったが、食ってかかるような態度だったので返事をしなかった。すると、持参してきた大きなかばんのなかから六法全書を取り出し、「あなたのやったことは、刑法第百三十九条の公務員職権乱用と第二百三十四条の威力業務妨害の罪に該当するし、その責任をとってもらいたいんだ」と強い口調で言った。

返事をすることができず黙っていると、「あなたが、あの娘を連れ出した法的根拠はどこにあるんですか」と追及してきた。「娘さんの意志で行動したのではないですか」と言い返すと、「旅館にいる娘の話を聞いたところ、あなたにそそのかされたと言っているんだ。そんな言い訳は通らないよ」と鋭く追及してきた。

こんなことで言い争いをしたくなかったため、黙ってしまうと、だんだんと高飛車になって言いたい放題のことを言い出した。

「いろいろのことを言っていますが、どんな用件でやってきたのですか」

「娘には大金を出してあり、店で働くことができるようにさせてもらいたいんだ。こちらの要求がいれられないとなると、あなたを告訴することになるかもしれませんね」

まさに脅迫であり、それに屈することはできなかった。

「娘さんを店で働かせたいといっても、それは娘さんの問題ではないですか。告訴するかどうか、それはあなたの問題であり、どちらも私には返事ができないことです」

そのことが相手の気持ちをひどく傷つけたらしかった。

「こんな分からず屋とは思わなかった。こうなっては告訴するしかないや」

捨てぜりふを残して荒々しく出ていった。

告訴されたら争えばいいし、敗訴になったら弁償するか罪に服すればいいことじゃないか。たとえ懲戒免職になろうとも、誰に理解されなくても、私は自分に納得できる生き方をしたいだけだった。

私がもっと賢明であったなら、誰にも迷惑をかけることなくうまく解決する方法が見つけられたかもしれない。社会が悪いからだとか、法律が整備されていないからだ、と非難するのは容易だが、警察官は法の範囲内で職務を執行しなくてはならなかった。

朝から食事をしていないのに食欲はなく、睡眠不足だというのに神経が高ぶっていたから眠ることができない。このような悩みは初めての経験であり、翌日も食事をする気になれず、眠ることができない。ふと、自殺を考えてしまったが、せっかく戦争で命拾いをしたんだから、こんなことで命を絶つことはできないや、と思い直すことができた。

誰にも会いたくなかったし、一人でいろいろと考えたが、どのようにしても悩みを解消することができなかった。

三日目の朝、同僚が見えていろいろと話し合うことができたし、午後には小学校の女の先生が果物を持って見舞いにきてくれたため心を癒《いや》すことができた。おかゆをつくって梅干しだけの軽い食事をとることができたし、本を読む気にもなったため、最悪の事態を脱したものと思われた。

辞職届を出して再出発しようと考えていたとき、上司が見舞いにやってきた。

「告訴の件も話がついたし、娘さんも駅前のみやげ店で働くようになったから、風邪を治して出署してくれ」

このように言われ、辞職届を提出できなくなってしまった。

この数日間、私はいろいろのことを経験し、人の心の中に強さと弱さや厳しさや優しさが混在していることを知った。人生というのがどんなものかおぼろげにわかるようになり、新たに生きるための貴重な体験となった。

囲碁の好敵手は労組委員長

軍隊に入る前から囲碁を覚えていたため、捕虜生活で大いに楽しむことができた。復員してからは囲碁をする機会がなかったが、町で主催する囲碁・将棋大会が開かれることになったため申し込んだ。当日の囲碁の部の参加者は三十数名であり、ＡＢＣにクラス分けがなされた。

私はＡクラスに入れられ、数人と対局したとき、実力伯仲の男がいることがわかった。自己紹介をすることになり、私が警察官と名乗ると相手はびっくりしたらしく、相手が労組の委員長というと思わず顔を見合わせてしまった。

当時は労働運動が活発に行なわれていたし、労組と警察は「犬猿の仲」みたいになっていた。親善を目的にしていたから和《なご》やかに打つことができたし、番外の勝負をやっているうちにますます熱が入った。久しぶりに囲碁の楽しさを満喫できたため、双方の休みが重なったときに碁を打つ約束をするまでになった。

警察は労組の情報を欲しがっていたが、私は囲碁と仕事を切り離して考えていた。委員長もけじめをわきまえていたらしく、組合のことには触れようとせず、二人の付き合いは囲碁と雑談に限られていた。たとえ娯楽の囲碁であっても、勝負となると勝ち負けにこだわる者が多いが、その点、二人は勝負に淡々としていた。どちらが勝ったとか負けたというより、いつも一つ一つの手を楽しみながら打つことができた。

社宅まで出かけて碁を打っていたとき、委員長が神妙な顔つきでぽつりぽつりとしゃべった。

「こんな話はしたくなかったんですが、組合員のなかには、おれが警察のスパイではないかと言っている者がいるんだよ。そんなことには耳を貸さないことにしているから、これからも気にしないできてくださいよ」

警察官が私服で委員長の社宅に出入りしていれば、このようなうわさが出ても不思議ではない。警察署が労働者に占拠されたり、国鉄の総裁が線路上で変死体となって発見されたり、松川事件が発生したり、いろいろな形で労働者と警察の対立があった時代であった。私だって上司からいろいろと注意され、一部の先輩から奇異の目で見られたりした。

「労組の委員長と付き合っているとアカ（共産主義者）と見られてしまうぞ」

あるとき、上司からこのように注意されたが、委員長の話を聞いていたから受け入れることはできなかった。

仕事と囲碁を切り離して考えていたが、委員長と付き合うようになってからは左翼や労働運動に関する本を読むようになった。

「警官は人民の敵だ」

県内で大規模のデモが行なわれると応援に出かけることもあり、「税金泥棒」とか「政府のイヌ」と罵倒《ばとう》されていやな気にさせられたりした。罵倒する者と罵倒された者とどちらが罵倒に値するか考えたりしたが、警察官は言い返すことはできなかった。デモ隊員にけが人が出ると、警察の過剰防衛が非難されたりするが、双方が実力行使となればけが人が出ても不思議ではない。

長野原町にあっても例外ではなく、労働運動や党活動が活発に行なわれて警察と労組のトラブルが発生することもあった。いつも先頭に立っていたのが党の幹部のMさんであり、激しい闘志の持ち主であったため、多くの警察官が敬遠していた。

空き巣事件が発生してMさんから事情を聞かなければならず、上司に命ぜられて出かけて行った。Mさんの家は山の斜面の日当たりのよい場所にあり、Mさんは物置で作業をしていたので警察手帳を示してから用件を告げた。Mさんは一瞬手を休めたが、警察官に用はないと言わんばかりに作業を続けていた。

「事件があったのはきのうですが、何か気がついたことはなかったですか」

「そんなことは知らないよ」

「警官は人民の敵だ」

Mさんは初めて口を開いたが、知らないよ、と言ったほかは何もしゃべろうとしない。予想していたことではあったが、Mさんの人柄の一端を知ることができた。

それから二週間ほどしたとき、読書会員と立ち話をしていたときMさんが通りがかった。会員とは親類であったらしく、何やら話し合っていたが、用件が済むと私の方に向き直り、いきなり、おれは警察が大嫌いなんだ、と言った。話しかけるというよりいやがらせであり、いろいろと警察の悪態をついていたが、黙っているほかなかった。

すると今度は、警察は人民の敵だ、と言い出した。抗議すればさらにひどく攻撃されそうな気がしたし、政治的中立を保っていなければならなかったため、このときも反発することができなかった。

「人民の敵になりたくなかったら警察官を辞めるんだな」

このように言われては黙っていることができず、それは私の意志で決めることですよ、と反発したが、それも無視されてしまった。

私に講義でもするかのようにますます雄弁になり、社会主義こそ理想な社会だと説いたり、党の宣伝活動を始めたりした。言葉がすべったのか、本心だったかはっきりしないが、この辺の百姓っぺは認識不足で困ってしまう、と言った。

「いま、Mさんは百姓っぺと言ったようですが」

「それがどうしたというんかね」

「あなたは本当の党員なんですか。本当に労働者や農民の味方なんですか」

「警官は人民の敵であり、われわれは労働者や農民の味方なんだ」

「では、どうして百姓っぺという言葉を使ったんですか。この町では百姓っぺという言葉は尊敬する意味に使われているんですか」

畳みかけるように尋ねると、返答に困ったらしくしばらく黙ってしまった。

「百姓っぺと言ったのは、おれの失言だったから取り消すことにするよ」

「失言だったから取り消す、というのは簡単であったも、意識や考えを変えるのは難しいのではないですか」

分が悪くなったのか、そのことには触れようとせず、読書会員にあいさつをして立ち去って行った。

日曜日に一人で当直していたとき、赤い鉢巻きをした集団が警察署に押しかけてきたが、その先頭に立っていたのがMさんであった。署長はいるかね、いたら出してくれないか、と申し入れてきたため、私が応対することになった。

「日曜日で署長は不在なんですよ。用件があったら伝えておきますよ」

そのように返事をすると、Mさんはみんなと何やら話し合っていた。やがて、署長がいないんじゃ出直してくることにするか、と言いながら帰っていった。

いつまでも百姓っぺといった失言が頭にあったらしく、私に対するMさんの態度は明らかに他の警察官とは異なったものになっていた。

白根山越えの犯人追跡

刑事の仕事は不規則であっただけでなく、いつ呼び出されるかわからないため、いつも所在を明らかにしておく必要があった。きょうも退庁時間が迫ったとき、川原湯温泉のK旅館から無銭宿泊されたとの届け出があった。親子三人の人相や持ち物などを聞いて国鉄の駅やバスに手配し、渋川駅行きの列車の発車まで間があったため、先輩とともに自転車で急いだ。被害書類を作成しているとき国鉄バスから、赤っぽい服装の女の子を連れた夫婦を草津行きの最終バスに乗せました、という知らせがあった。

翌日、始発のバスで出かけたが、草津ではすでに紅葉が始まっていた。長野原は晴れていたのに草津はどんよりしており、数十軒の宿泊施設を二人で手分けして軒並みに調べることにした。G旅館に宿泊していることがわかり、宿の人に持ち物を調べてもらったところ、風呂敷に入っていたのは丸めた新聞紙だけであった。

さまざまな状況からして逃走しているものと思われたが、草津温泉から抜け出すには、バスで長野原に出るか、草軽電鉄を利用して軽井沢に出るか、徒歩で六合村か白根山を越えるほかなかった。宿泊人名簿に記載された住所が長野県になっていたため、最初に白根山に行くハイキングコースを調べることにした。途中まで行くと、大人の下駄と短靴と子どもの足跡が見つかったが、暗くなったために引き返さざるを得なかった。

　翌日も先輩とともに弁当持参で始発のバスに乗り、G旅館に戻っていないことを確かめてから白根山に向かった。この日は快晴であり、足跡のあったところまで直行したが、湯釜まで行くと三叉路になっており、万座方面を調べたが足跡は見つからない。長野方面に向かったとき、ヤミ米を担いできた人たちにすれ違い、三人が長野方面に向かっていることを確認することができた。

　標識がなかったから県境がはっきりしない。急いでいたために歩きながらおむすびを食べたが、飲み物を忘れたためにのどが乾いてきた。アメリカ軍から払い下げられた編み上げ靴が重く、足のまめの痛みをこらえながら歩き続けた。

　横手山の頂上付近の紅葉は真っ盛りであり、ふもとには緑が残っていたからだんだら模様になっていた。アルプスの山々を背景にしていたから雄大なパノラマを見ているようだったが、眺めているわけにはいかない。横目にしながらしばらく歩いていくと、前方に赤い屋根の建物が見えたが、容易に近づくことができない。熊の湯温泉に着いたときにはわれを忘れて一杯の水を所望したが、旅館の誰もが三人連れに気がつかなかったという。

　バスの発車まで数十分あったため、広い道路を急いだ。ジープがやってきたので両手を広げて止め、三人連れを見たかどうか尋ねると、二分ほど前にすれ違ったという。追いかける気力も体力も失せていたが、後ろからきた自動車に同乗させてもらうとすぐに追いつくことができた。

職務質問をすると、素直に無銭宿泊をしたことを認めた。地元の警察署まで任意同行を求め、本署に電話して指揮を仰ぐと、男を緊急逮捕して女を任意同行するように指示された。男に手錠をかけたが、二人の大人が連れ添うように歩いていたから不自然な格好になっていた。男は黙ったまま歩いていたが、五歳になる女の子は異常に気がついたらしく、おびえるような表情をしながら母親にしがみついていた。

湯田中温泉から国鉄長野駅に出ると、午後八時三十分になっていた。誰も夕食を済ませていなかったため、駅で買ったリンゴを食べて一時しのぎをし、午後八時四十五分長野駅発の普通列車に乗った。男と子どもは眠ってしまったが、女はいつまでも寝つかれないらしかった。列車の乗客が眠ると私も睡魔に襲われるようになったため、ポケットから本を取り出したが眠気を覚ますことができなかった。窓を細目に開いたとき、男がトイレに行きたいと言い出したため、紐《ひも》をつけたままトイレへ連れて行き、ドアを少し開いて捕縄《ほじょう》の先をつかむなどして監視を続けた。

上野行きの列車が軽井沢駅でとまったときに先輩と交替し、高崎駅に着いたのが午前一時二十分であった。上越線の下り列車がやってくるまで二時間近くもあり、風が吹きさらすホームのベンチで待った。上越線の列車の乗客はまばらであり、渋川駅で下車したが長野原駅行きの始発の時間まで二時間もあった。

先輩が男に質問を始めたが、それは取り調べというより眠気を覚ますのが目的にようだった。男は観念したらしく質問に答え、女もしゃべるようになり、二人は邪恋《じゃれん》の清算のために家出をし、何度も心中を考えたが、長女を道連れにすることができずに思いとどまったという。

本署に到着すると、捜査主任が取り調べることになったため私たちの捜査は一段落した。男には妻がおり、女には夫がいるが、二人にかかわりのある人たちがこれからどのように生きていくか気になってしまった。子どもを道連れに心中していたら、「邪恋の清算」の見出しの記事になったかもしれないが、無銭飲食は新聞に載ることはなかった。

自由投票か、契約投票か

町議会議員選挙が近づき、買収や供応を重点に取り締まりをすることになった。議員の定数が二十二名のところに三十名が立候補したが、初めから当選を度外視した者もいたらしい。八名が落選するという厳しいものであったが、告示があったときにはすでに選挙戦は終了したといわれていた。任期切れになった町議会議員に外国製の腕時計が贈られたため、非難する声が聞こえたが大きなものにはならなかった。

現金や味噌や醤油が配られたという情報も入ったが、具体的なものは何一つなかった。選挙戦が激しくなると中傷が飛び交うようになったが、捜査に協力する者は皆無にひとしかった。

選挙通を自認している人のところへ行って話を聞いた。

「利口なやつは捕まるようなへまはしないものですよ。いくら警察が聞き込みに回っても、選挙違反の話をする人はいないんじゃないですか。すでに大半は当選するか落選するか決まっており、当落すれすれの候補者が最後のあがきをしているんですよ」

何となく、その話にうなずくことができた。

届け出を済ませた立候補者は、公然と選挙運動を始めた。戸別訪問は禁止されていたが、何らかの用件をつけては投票の依頼をしているという。ほとんどの候補者が地区推薦になっていたが、例外といえば共産党公認の候補と青年団から推薦された二人だけであった。政治手腕があるとか、人格者であるということは、投票にはあまり関係がなさそうだった。たくさんの親類があったり、大きな集落の推薦を得ていることが有利であり、それらの候補者が本命視されていた。

選挙には多額の金がかかるといわれている。運動員には、仕事を休んで選挙運動や投票してやるんだという気持ちがあり、候補者には、投票してもらうんだからただというわけにはいかない、という意識があるらしいかった。

投票日の前夜、現金がばらまかれるといううわさがあり、夜間の取り締まりを実施するため、自転車で山の中の集落に出かけて行った。集落の入口に二人の大人が立っていたが、それは買収による切り崩しを防ぐための監視であり、身元と用件を尋ねられたので、明かすとびっくりしていた。

投票日になると、歩くことができない病人やお年寄りが、リヤカーで運ばれて投票していた。そのためか、投票率は九十八パーセントに達しており、理由なく棄権すると村八分にされるという話に納得することができた。町民にとって町議会議員選挙は最大の関心事であり、一票の違いが当落を左右するといわれていた。

開票作業は午後八時から役場の二階会議室で始められ、各候補者の得票が二十に達すると一束にされ、立会人によって確認作業がなされていった。六つの束になるとほぼ安全圏といわれており、それを眺めている人たちの一喜一憂の声が漏れたりした。最終近くになると当選や落選がはっきりし、百票前後の六人の候補者から三人がふるい落とされることになった。すべての開票を終えて町の選挙管理委員会から当選者が発表されたが、私が投票した候補者の得票は百四票で最下位当選となり、次点との差はたった一票であった。

選挙は水物といわれており、ダークホースと見られていた青年団長はたったの三十六票で落選した。共産党は初議席を狙《ねら》ったが、国政選挙では四百以上の得票をすることができたが惨敗に終わってしまった。

春の神社の祭りの警備についていたとき、私が投票した議員から、おかげで当選することができました、とお礼を言われた。

「どうして私が投票したことがわかったのですか」

「百二票までは読むことができたのですが、あとの二票がはっきりしなかったのてす。この町の浮動票は警察官と家族に限られており、一人はAさんとわかったが、もう一人が深沢さんに間違いないと思ったのです」

「差し支えなかったら票の読み方を教えてくれませんか」

「こんなところで長話をしているとおかしな目で見られてしまいますから、今夜、私の家にきてくれませんか」

その夜、人目を避けるようにして議員宅を訪ねた。履物が隠されて奥の座敷に通され、そこでひそひそ話をすることになった。

「投票は秘密になっているのに、どうしてわかるんですか」

「町議会議員選挙は、当落ラインが百票前後になっているんです。ほとんどの候補者が集落の推薦になっており、集落の票が多いと有利になり、少ないと不利になることは初めからわかっているんです。集落よりも優先するのが親類の票ですが、縁遠い人もいるからすべて投票が得られるとは限らないわけです」

「票読みということが言われていますが、どのようにして読むんですか」

「どのくらいというのではなく、最後の一票まで正確に読む必要があるんです。警察官には説明しにくいことなんですが、投票してくれそうな人のところを片っ端から巡って投票の依頼をするのです。はっきりノーという人もいますが、話し合って投票してくれるかどうか、約束を取りつけるわけです」

「読んだとおりに投票してもらうことができるんですか」

「いくら親類の票といっても、革新系の票もあれば、集落を優先する人もおり、簡単にとることはできないのです。地区推薦ともなれば集落内の大部分の票がとれますが、血は水よりも濃いといわれているため、親類に候補者がいるとその方に流れてしまうのです。親類のなかにもへそ曲りがいるから百パーセントというわけにはいかず、予定していた通りにならないこともあります。大きな集落の推薦を受ければ当選間違いないんですが、推薦を受けるまでが大変なんですよ」

「どのようにして地区の推薦が決まるのですか」

「地区によって異なっていますが、現職で実績があるからといって推薦されるとは限らないのです。輪番制になっているところもあるし、名乗り出たために推薦されなかったり、いやいやながら担ぎ出される人もいるんです。長老といわれている人たちの意見が反映され、白羽の矢が立てられると断わることができなくなってしまうんです。すべて自由にしておくと、集落から一人も候補者が出なくなったり、複数の候補者が出て集落のしきたりを乱すことにもなるのです」

「立候補するまでいろいろの問題があるというのに、どうして最後の一票まで読むことができるんですか」

「初めからはっきり票が読めるわけではないんです。選挙が始まる前から選挙運動が行なわれ、どこの地区では誰が立候補するか、ということまで考慮されるわけです。他の集落の候補によって影響されることもあり、最終的に立候補者が決まらないと票読みだって確かなものにはならないわけです。この町では候補者だけでなく親類の人たちも動員されて戸別訪問がなされ、投票の約束を取りつけているんです。主人が家族の票の割り振りをするところもあるし、はっきりしないときには、手土産や現金を持って行って頼んだりするようです。受け取ってもらえれば投票してくれる約束になり、断わられれば投票してもらえないことになるのです」

「そんなことをすれば、取り締まりを受けるんじゃないですか」

「町の人たちは、地区内の出来事は警察の人には話さないものですよ。たとえ警察の人がやってきても弁解ができるようになっていますし、うかつに話をして違反者が捕まろうものなら村八分になりかねないのです」

話は国会議員や県議会議員の選挙にも及んだが、どの選挙も町議会議員選挙に似たところがあるように思えた。今回の選挙では青年団長や共産党公認の候補者がダークホースと見られていたが、集落や親類の票に破れてしまった。このようにして町議会議員から選挙にまつわるさまざまな話を聞くことができたが、それは一票のお礼のようだった。

山の中で死体と一夜

正午近くになったとき、人を殺してしまった、と言って若者が飛び込んできた。いままでに凶悪な事件が発生しなかったため、署内に緊張が走った。

捜査主任が事情を聴いた。

「きのうは社長の奥さんと草津温泉で泊まり、バスでこの町にやってきたのですが、金を使い果たしてどこへ行くこともできなくなったのでず、一緒に死のうということになり、誰にも見つからないところがいいということになったため、川の向こうの山に登っていったのです。沢の行き詰まりになったところで心中することになり、私がネクタイで奥さんの首を絞め、奥さんが腰紐《こしひも》で私の首を絞めることにしたのです。奥さんが先に息を引き取ってしまうと、私は自分で首を絞めたり、果物ナイフで刺したりしたが死ぬことができなかったのです」

男の体のあっちこっちに果物ナイフで刺したと思われる傷があり、男の供述に間違いはないと思われた。一通りの事情を聴取してから死体を捜索することにしたが、はっきりした場所がわからないため、消防団の応援を仰ぐことになった。

いくつかの班が編成され、沢を中心に捜索が始められて三時間ほどしたとき、どこからか、見つかったぞ、と叫ぶ声が聞こえてきた。

移動しながら進むと、それは一つの山を越えた向こう側であった。

それ以上進むことのできない沢の奥に数人の消防団員がおり、和服を着た女性の死体が横たわっていた。

「おれが死体を見つけたんだ」

第一発見者の消防団員は、興奮を押さえることができないらしく、そう話していた。

死体が発見されたときは、すでに午後六時を回っており、その日の検証は困難であった。翌日に実施されることになったが、それまでの間、私は同僚と現場の保存を命ぜられたため、山の中で一夜を過ごすことになった。

捜索隊員が引き上げてしまうと、山の中は急に静かになった。山肌にもたれかかっているような女の顔は、生きているのではないかと思わせるほど穏やかな表情であった。

きのうまで生きていた人間が、きょうは死体となって私たちの監視にさらされている。奥さんは四十七歳、男は二十七歳と言っていたが、どのようにして二人は結ばれたのだろうか。死んだ女と生き残った男のことを考えているうちに、太陽は完全に稜線のかなたに姿を消していた。

谷間の狭い空間があかね色に塗り替えられ、昼と夜とが交替を始めると、寒さを覚えるようになった。やがて暗黒の空に取って代わられると、星も徐々に輝きを増して美しく空を飾るようになり、星空に見とれていたとき、同僚が握り飯と水筒と毛布を持ってきてくれた。食事を済ませてから交替して仮眠をとることにし、私が先に休むことになった。

感情が高ぶっていたし、ごつごつした固い斜面とあっては容易に寝つかれない。意識すればするほど目が冴《さ》えてしまい、目を開いて星空を眺めてオリオン座や北斗七星を探したが、狭い空間とあってか見つけることはできない。

いつの間にか眠りについていたが、起こされたときには星空の姿は大きく変わっていた。風がないためにどこからも音は聞かれず、地球上のすべての生物が眠りに入っているみたいであった。ときどき、ぽつり、ぽつりという音が聞こえて、動物かもしれないと思いながら懐中電灯を照らすと、女の青白い顔が不気味に映し出されただけであった。

どこからともなく明るさがやってきた。長かった夜が明けると、毛布にくるまっていても震えるほどの寒さを覚えた。山の中とあっては太陽がどちらから昇ってくるかわからず、目標物がないために方向を見定めることもできない。時計の針は五時十五分を指していたが、検証が始まるまでに四時間もあった。

男の供述を確かめるように、検証は慎重に始められた。私は捜査主任の指示を受けながら写真の撮影をしたり見取図を作成していった。女の首にはネクタイが二重に巻きついており、男が使用したと思われる果物ナイフも死体の近くから発見された。死体が硬直していたから衣服を脱がすのも容易ではなく、全裸にしたところでふたたび写真の撮影をした。頭や首や目や鼻や陰部まで念入りに調べられたが、首に索溝があったほかは異常が見られなかった。外気温や直腸温を測定するなどし、死体の状態からして死後二十数時間が経過しているものと思われた。

法医学の知識は不十分であったが、警察練習所で学んだ知識が少しは役立った。

殺人の罪には、単なる殺人と尊属殺人のほか、殺人予備や自殺関与などあった。この事件は嘱託殺人として処理されることになり、逮捕した男の本格的な取り調べが始まった。

この日、殺された奥さんの夫が死体の引き取りにやってきた。終始沈痛な表情をしていたが、死体と対面したときは苦渋に満ち満ちていた。

後になってわかったことだが、社長さんには複数の情婦がおり、奥さんとのいさかいが絶えず、若者は社長秘書として奥さんから相談を持ちかけられたこともあったという。同情しているうちに懇《ねんご》ろになり、それを知った社長さんが若者をクビにしたため、奥さんが若者を誘って家出をしたらしかった。あっちこっちの温泉を巡っているうちに金を使い果たし、奥さんから一緒に死のうと誘われて心中を決意したという。

どのような理由があろうとも、人を殺すことは絶対に許されないことである。今回は男が生き残ったが、二人が死亡していたら心中として片付けられていたに違いない。今度の事件の一番の原因は社長さんにあったとしても、社長さんはあくまでも参考人にすぎず、奥さんは被害者になり、心中し損ねた若者は殺人の犯人になってしまった。二十年以上も続いていたという夫婦の幕切れは悲惨なものになってしまったが、社長さんはどのように生きていくのだろう。

浅間高原の夏

冬は雪に埋もれていた浅間高原も、六里ガ原につつじが咲くころになると大勢の観光客が押し寄せるようになる。六月下旬の日曜日に警備を命ぜられて自転車で出かけたが、現地に着くまでに三時間以上もかかった。浅間山や白根山をバックにし、白や赤のつづじが咲き誇っている光景は素晴らしく、全国百選に選ばれたこともうなずける。

快晴であったから数万人の人出が予想されており、アイスキャンデー屋さんはうれしい悲鳴をあげていた。新しい観光バスの運転手さんは、あのバスは二百五十万円もするんですよ、と自慢そうに言っていた。車がデラックスになって大型化しているが、道路事情はお寒い限りであり、雨が降ると泥濘《でいねい》に化したりしていた。

観光客の間を縫うようにして巡っていたとき、若者に声をかけられた。

「いま、鬼押出しでインチキなばくちをやっており、大勢の人が引っかかっていますが、そこにはお巡りさんは見えませんでした」

鬼押出しまでかなりの距離があり、凸凹《でこぼこ》道を自転車で急ぐと、数人の客を前にして若い男が何やらしゃべっていた。

「インチキなばくちをやっているとの知らせがあってやってきたのですが、何をやっているんですか」

「大きなお世話だ」

お客さんを前にしてはひるむことができないらしく、このように抵抗してきた。

「持ち物を見せてくれませんか」

「どうして持ち物を見せなきゃならないんだ。インチキなばくちをやっていたというんなら証拠を見せてくれないか。大勢の前で犯罪者扱いされたんじゃ、黙って引き下がることはできないね」

いきなり大きな声でまくし立てたものだから、周辺にいた人たちはびっくりしたらしかった。勢いづいた男はさらに大きな声で取り扱いのまずさをなじってきたため、どのようにしたらよいか考えてしまった。

留飲をさげたらしく、男がしゃべるのをやめたときに私は静かに話しかけた。

「私は耳が悪くないんだから、そんなに大きな声を出さなくても聞こえますよ。たとえインチキなものでなくても、ばくちは禁止されているんですよ。相手がいなくては証明できませんが、持ち物を見せてもらえればはっきりすると思うんです」

「インチキ呼ばわりをされたから腹が立ってしまったんだ」

こんなことを話しているとき、親分らしい男がやってきた。

「若い衆がだんなさんにご迷惑をかけて申しわけありませんが、すぐに引き上げることにしますから勘弁してください」

物分かりがよさそうな話し方をしていたが、警察ににらまれると商売がやりにくくなる、という魂胆があったのかもしれない。

捜査にやってきては浅間山の雄姿に見とれているうち、一度は登ってみたいと思うようになった。七月の初旬、所用で小学校を訪れたとき、親しくしていたY先生から浅間登山の計画があることを知らされて、仲間に加えてもらうことにした。長野原駅から北軽井沢行きのコマーシャルカーと呼ばれる小型バスに乗り、真夜中の登山であったため北軽井沢の旅館で小休止をし、ご来光に間に合うように出発した。峰の茶屋から登山道に入り、中腹まで登ると、軽井沢や小諸などの灯りが視界に入り、暗闇の中のパノラマを見ているような思いにかられた。

予定していた時刻に山頂に着き、ご来光を仰ぎながらいくつもの層になっている雲海を眺めることができた。周囲を見渡すと、遠くに富士山やアルプス連峰を望むことができたし、目を転じると白根山を近くに見ることができた。眼下には六里ガ原や鬼押出しが手に取るように見え、いつもやってきている大学村の別荘や開拓団地の位置関係も知ることができた。切り立ったような淵にしがみついて火口をのぞきこんだが、立ちこめる噴煙だけしか見えず、硫黄の強い臭いが鼻をついてきた。

帰りは登山道からはずれて道のない斜面を鬼押出しを目ざして下りた。流れでえぐれたと思われるところに断層があり、それが噴火の歴史を物語っているようだった。鬼押出しに着いたとき、溶岩に隠れるようにして夏を過ごそうとしている残雪のあることを知った。

小学校の若い先生と行動をともにし、おしゃべりなどしたため、先生の個人の考えと日教組の方針にアンバランスのあることを知った。

経理事務の打ち合わせのために町役場へ行き、用事を済ませて本署に戻ったとき、北軽井沢駐在所から電話があった。

「いま、女の人が別荘で首を吊《つ》って死んでいる、との届け出があったのです」

自殺なのか殺人なのかはっきりしないが、捜査主任と一緒に出かけることになった。直通の小型のバスは発車したばかりであり、国鉄バスと草軽電鉄を乗り継いで出かけることにしたが、嬬恋村に入ると台風による崖崩れがあってバスが通れなくなった。歩いて三原まで行ったが、草軽電鉄も一部が不通であり、芦生田駅まで歩くことになった。吾妻川にかけられたのは丸太が三本並んだだけの簡易の橋であり、老人はびくびくしながら渡っていた。芦生田駅で電車に乗り込むと、顔見知りのフランス文学者のY先生が乗っており、北軽井沢駅に着くまで有益な話を聞くことができた。

駐在さんの案内によって現地に行くと、庭の白樺《しらかば》の枝に紐《ひも》をかけている娘さんが見えた。建物を背景にして写真を撮ってから死体に近づくと、何ともいえぬ異様な臭いが鼻をついてきた。紐の結び目を調べようとしたが、二メートルもあったために近くの別荘からハシゴを借り、調べて静かに降ろした。死体が膨脹していたから衣服を脱がすことができず、はさみで切って全裸にしたが、目は鳥にえぐられたらしく、溢血点《いっけつ》の有無を調べることができない。死体の身長は一・五九メートル、推定年齢が二十五歳前後、ハンドバックを所持していたものの所持金はなく、身元を明らかにする物は何一つ見当たらない。生前は美しかったと思われる女性も、腐敗して醜い姿に変わり果ててしまい、捜査主任の検視を受けることとなった。

検視には医師の立会いが必要であったが、連絡がつかないために合間を見て付近の聞き込みをした。別荘の持ち主のA教授は夏休みを終えて引き上げていたが、付近の人たちと交際が希薄であった。作家のK先生が散歩をしていたが、参考になるような話を聞くことはできなかった。

駆けつけた医師の見方は窒息死であり、死後三日が経過しているとのことであった。

翌日も自殺した娘さんの身元を調べたがわからず、身元不明の死体として役場に引き取ってもらうことにし、電話するために駐在所へ行った。そのとき、電報を手にした郵便配達の人がやってきた。

「別荘のA教授あての電報なんですが、留守なんです。A教授の庭で首吊り自殺があったという話を聞き、それに関係があると思ってやってきたのです」

発信者は京都の療養所の人であり、文面からして自殺した娘さんが看護婦として働いていたものと思われた。早速、療養所に電話して発信人に事情を聞くと、A教授の息子さんが病気で入院したとき、この看護婦さんと懇《ねんご》ろになり、A教授の別荘を訪ねるために出かけているという。いつごろ別荘にやってきたのか、A教授の息子さんがどこにいるのか不明であり、現場周辺の聞き込みを続けた。

別荘の管理人から名簿を拝借すると、そのなかに著名な学者や作家の名前がたくさん並んでいた。哲学者のT先生の別荘を訪れると、数日前、A教授の別荘に数人の若者が見えていたことを気さくに話してくれた。何軒かの別荘を巡って聞き込みをしたが、数人の若者を見た者はなく、参考になる話を聞くことができなかった。

自殺をした娘さんの死体は、とりあえず別荘の管理人事務所で保管してくれることになったが、どうして自殺したのか、それは想像するほかなかった。

浅間高原には「大学村」と呼ばれている別荘もあれば、満洲などから引き揚げてきた人たちの開拓団地がいくつかあった。夏休みが終わると別荘を引き払う人が多くなり、生活用品をそのままにしておくために空き巣に狙われる事件が散発した。別荘の管理人がB教授の別荘の窓ガラスが破壊されていることに気づき、駐在所に届け出たため本署に報告されてきたので捜査することにした。

現場まで自転車で三時間以上もかかるため、翌朝早く出かけたが、被害者はH大学のB教授であり、八月三十一日に東京へ戻っていたため、被害の確認ができない。付近の聞き込みを続けていると、ほかにも窓ガラスが破壊されている別荘があった。ここの被害者は海外に出張中とのことであり、被害の有無がはっきりしない。二つの現場とも運動靴と思われる足跡を残しており、これを唯一の手がかりとして捜査を始め、後日、被害者から事情を聞くことにした。

宿泊人名簿を調べるためにG旅館に立ち寄ると、昼間からビールを飲んでいる中年の男がいた。不審に思ったのでおかみさんに尋ねると、東京の大きな出版社の社長さんであり、別荘にいる作家の原稿を受け取りにきており、出来上がるのを待っているところだという。私が警察官であることがわかると話しかけられ、ビールのつまみみたいにされたが、この出版社の本をいくつか読んでいたため参考になる話を聞くことができた。

駐在さんと一緒に聞き込みに回っているとき、散歩していた作家のK先生に出会った。

近々、フランスに出かけるために数カ月留守になるとのことであったが、船で一カ月ほどかかり、費用も三十万円ほどになるという。

聞き込みのために駆け回っていると、若い男女がキャンバスに絵を描いており、横目にしながら通りすぎた。山荘では中年の奥さんが庭の植木の手入れをしており、聞き込みをしながら持ち物を褒めると、これは母親の形見の品だから上げることはできないんです、と言われてしまった。このような言い方をされたためにちょっぴりいやな気にさせられたが、そのことを察したらしく奥さんが話し始めた。

「私は長いこと外国暮らしをしていましたが、その国では褒められると上げる習慣があったものだから、こんなことを言ってしまったのです」

褒めることはよいことだと思っていたが、この考えが根底から覆されてしまった。

続いて近くにあった開拓団地へ行き、顔身知りになった主人の話を聞いた。

「ここに住んでいる人たちは、ほとんどが満洲からの引き揚げ者なんです。別荘にいる人たちの生活とは大いに異なっていますが、みんな開拓魂で頑張っているんです。スイカや米や野菜などが盗まれることはありますが、誰も届け出をしないのは、駐在さんに迷惑をかけたくないし、被害者だって暇を潰したくないからなんです。誰が盗みをしているか見当がついていても、同じ開拓団地に住んでいては訴えることはできませんね。盗みをする人だって生活に困っているが、盗んでも警察に届け出をしないような人が狙われているのです」

別荘の空き巣事件の捜査に従事しながら、さまざまの人からいろいろの話を聞くことができた。

駅前の商店に行ったとき、どこかで見たことのある人がビールを飲んでいた。どうしても思い出すことができず、それとなく主人に尋ねると、映画のロケにきている人たちだという。日本の最初の天然色映画の「カルメン故郷に帰る」のロケ地が浅間牧場になっていることを知り、現場に行ったところ、スクリーンでしか見ることができない女優のH子さんらを間近に見ることができた。

若い男女で賑わっていたキャンプ村にも人影は見られず、来年のシーズンを待つばかりになっていた。六里ガ原のつづじが満開の時期に警備に当たることもできたし、念願だった浅間山に登ることもできた。出版社の社長さんや著名の作家や学者の話を聞く機会に恵まれ、読書欲を一層駆り立てられて浅間高原の夏を有意義に過ごすことができた。

ある職務質問

朝鮮動乱（昭和二十五年）によって金属が値上がりすると、工事場の資材や軽便鉄道のレールポンドが盗まれるという事件が相次いで発生した。贓品《ぞうひん》が古物商に処分されている疑いがあったため、前橋市や高崎市の古物商を片っ端から当たった。G古物商に行ったとき、あいまいな返事を繰り返していたため疑いを深め、さらに捜査をすすめた。G古物商に流れている公算が強くなり、ついにSという男から鉄材を買ったことを認めざるを得なくなった。

Sさんの住所は前橋市内になっていたが、そこには誰も住んでいない。手口原紙や被疑者写真によって調べると、Sは偽名であってAであると思われたため、ふたたびG古物商を訪れた。

「Sさんの該当者は見当たらないんですが、捜査したらAさんが浮かんできたのです。ここに何枚かの写真を持ってきたが、この写真の中にAさんがいますか」

「この人がSと名乗って売りにきたことに間違いありません」

SさんとAさんが同一人物であることがはっきりしたため、逮捕状を得て行方を追った。

草津温泉のY旅館に逗留《とうりゅう》しているらしい、との情報を入手したが、AやSの名前の宿泊人は見当たらない。人相が酷似している者が泊まっており、杖《つえ》をついて出かけているとのことであった。

バスや電車の駅に手配し、先輩と手分けして町のなかを捜すと、湯畑の近くで該当する人物を見つけることができた。職務質問すると、新聞記者のNと名乗っていたが、写真を先輩が所持していたために確認することができない。質問を避けるように歩き出したために追尾を続けると、どうして後をつけるんだい、と文句を言い、質問にはまったく答えようとしない。

知っている商店の前まで行ったとき、本署に電話しようと思って立ち寄った。店から首を出して様子を見ていると、後ろを振きながら横道にそれた。先回りをして待っていると、目の前に私がいたのでびっくりしたらしかった。

「あなたが何を言おうとも自由であるが、私は警察官職務執行法にもとづいて職務質問をしているんです」

「おれだって法律によって守られているんだ。質問に答えることだって、答えないことだって自由のはずだ」

多少の効き目があると思ったが、かえってやぶへびみたいになってしまった。男の後をつけながらいろいろと考えたが、捜査や職務質問の経験が少なかったため、よい知恵が浮かばなかった。どうしても相手を納得させられる方法が見つからず、どこまでも相手の後をつけることにした。

「おれは何も悪いことはしていないし、いつまでも後をつけていると軽犯罪法の違反になるんじゃないのかね」

男は挑発でもするようにこんなことを言った。

「私はあなたの名前を聞いたことはあっても、一度も犯人扱いしたことはありませんよ。どうして悪いことをしていないと言い張るんですか。あなたはSを名乗っていたが、本当はAさんだと思うんだ。Y旅館ではKの名前で泊まっているが、盗んだ鉄材を落として足をけがしたとの情報もあるんですよ。新聞記者というんなら、証明書を見せてもらえればいいし、傷跡を見せてもらってもはっきりすると思うんです」

こんどは男が黙ってしまった。立ち止まったまま何かを考えているようだった。本当のことをしゃべるのだろうか、それとも、何かをたくらんでいるのだろうか。男が足早になると、私も足早になった。男が立ち止まると私も立ち止まり、このような繰り返しになり、男は杖を振り上げて私を追い払うジェスチャーをした。

悠然と歩き出したかと思うと、今度は大勢の若者がいるところで立ち止まり、若者に向かって声をかけた。

「みなさん、聞いてくださいよ。おれは何も悪いことをしていないのに、この若い刑事に犯人扱いされて困っているんです。犯人だという証拠があれば逮捕すればいいのに、人違いだというのに連行しようとしているんです。こんな乱暴なことは絶対に許すことができず、みなさん、力を貸してくれませんか」

男が大きな声を出して助けを求めたため、みんなが近くに寄ってきた。すると、私をにらみつけながら大きな声を出した。

「おまえさんの出方によっては、人権蹂躙《じゅうりん》と名誉毀損で告訴しなければならなくなるぞ」

若者を味方にして私をやり込めようとしたらしかったが、味方するものは誰もいなかった。どのような質問も拒否されてしまい、疑いが増すばかりであった。相手の巧みな言い逃れによって決め手をつかむことができないが、これで取り止めるわけにはいかなかった。

「私のやっていることが法に触れるというんなら、告訴でもなんでもしてくださいよ。とにかく、白か黒かはっきりさせたいので警察署まできてくれませんか」

男は逃れることができないと観念したのか、急におとなしくなって任意同行の求めに応じた。草津町警察署に立ち寄ったとき先輩も顔を見せ、男に問いただすと、男は鉄材を盗んでG古物商に売ったことをあっさり認めた。

自殺を装った殺人

日曜日であり、久しぶりに朝寝坊ができると思っていたところ、O中学校で窃盗事件が発生したため呼び出された。自転車で古森の坂を上って行き、二時間ほどかかって着くと、校庭に真新しい国旗掲揚塔が建ててあった。日教組が日の丸の掲揚に反対していたことを知っていたが、講和条約が締結された記念にPTAから寄付されたものだという。

教頭先生から被害の状況を聞いた。

「こんなちっぽけな事件で警察の手を煩わしくはなかったのですが、頻繁に発生しているんです。PTAから突き上げられているし、休みの日に悪いと思ったのですが、校長と相談して届けることにしたのです」

教頭先生には誰が盗みをしたか見当がついていたらしかったが、生徒の名前を明かそうとしない。関係者から事情を聴取していたとき、本署から電話があった。

「いま、川原湯温泉のK旅館から自殺死体が発見されたとの届け出があり、すぐに現場に行ってくれないか」

窃盗事件の捜査を中断して自転車で急いだが、ほとんどが下り坂になっていたために二時間ほどで着くことができた。二階の十八号室に入ると、六畳の間の中央に敷かれた布団に死体が横たわっていたが、顔に白いハンカチが掛けられていた。枕元にはスペードとクローバーとダイヤの三枚のトランプが並べてあったが、それが何を意味しているのかわからない。盆の上に二つのコップが載せてあり、一つは空になっていたが、もう一つにはオレンジジュースの飲み残しがあった。

捜査主任の検視に合わせるようにマグネシュームをたきながらこれらの状況を撮影していった。ハンカチを取り除くと、生きているのではないかと錯覚しそうな美しい娘さんの顔があった。

巻尺によって部屋の大きさや死体が置かれていた位置などを測定し、それらを図面にしていった。捜査主任は手際よくまぶたをひっくり返しながら眼瞼結膜《がんけん》に溢血点がないかどうか調べたり、浴衣の帯の結び目などを調べた。つぎつぎに衣服が脱がされ、最後にパンツが脱がされて素裸にさせられると、八等身美人があらわになった。捜査主任が頭から頸部や耳、鼻、陰部まで綿密に調べ、それに合わせるように写真撮影をしていった。

普通の死体と明らかに異なっていたのは、白い肌に青酸反応と思われる薄い赤色の箇所が随所に見られたことであった。

検視の終了間際にやってきた医師の所見は、中毒死の疑いがあるといい、解剖に付して死亡原因を明らかにすることにした。

先輩の刑事が私の耳もとで、これは自殺ではなく殺しに間違いないよ、と言った。先入観を抱くのは禁物であるが、そう思わざるを得ないような状況であった。

検視を終えると、捜査主任は死亡した女性と一緒に宿泊していた男性から事情を聴き始めた。

「きのうから二人で泊まったのですが、一人で風呂に入って帰ってみると、布団のなかで死んでいたのです。すぐに旅館の人に話して警察に届けてもらったのですが、ここにある青酸ソーダを飲んだらしいのです」

若い男から女が飲んだと思われる青酸ソーダが任意提出され、捜査主任の質問にもてきぱきと答えていた。

男の供述に誤りがなければ、女は自殺したことになるが、死体を発見してから旅館の人に知らせるまでに時間があった。それだけでなく、死体にはきちんと布団が掛けられており、死亡してから動かされていたことにも疑問があった。

捜査主任は男の供述に疑いを抱いたらしく、自殺と殺人の両面捜査をするように指示してきた。部屋にあったジュースの空き瓶とコップの任意提出を受け、缶に入っていた青酸ソーダと思われる粉末と一緒に鑑定に出すことにした。

二人が三日前から投宿していたことは、関係者の証言で明らかであった。宿泊人名簿によると、男の住所は東京で二十三歳の会社員となっていたが、女についてはまったく記載されていない。男は本籍を話そうとしないし、何のために川原湯温泉にやってきたか、尋ねても答えようとしなかった。ようやく勤め先を聞き出すことができたが、照会したところ、無断欠勤が続いたためにクビにしてしまい、履歴書は破棄したために身元は不明だという。

女の所持品を調べると、かばんのなかから母親にあてた一通の遺書が見つかった。女の筆跡のようだった。

「よいお母さんを持って幸せです。先立つ不幸をお許しください」

このようにしたためてあったが、男から差し出された遺書も母親にあてたものであった。

「僕は幸福に死んでいきますが、妹たちをよろしく願います」

二人は心中するつもりで書いたというが、どうして女だけ自殺したのだろうか。宿泊人名簿と遺書に記載された筆跡は男のものと思われたが、女の遺書を誰が書いたのか明らかにすることができない。遺書を書いたときには二人で心中するつもりであったが、その後、心変わりしたということがあるかもしれない。それ以上に気になったのが、遺書を書かせて自殺に見せかけて殺したのではないか、ということであった。

男の供述には少なからず矛盾があり、自殺より他殺の疑いがますます濃厚になってきた。保護の条件も整っておらず、男が帰ると言い出せば引き止めることだって難しかったが、男は自ら疑いを晴らしたいと言い出した。

鑑定処分許可状を請求するに必要な書類を整えて令状を請求するとともに、群馬大学法医学教室に解剖の依頼をした。裁判官の令状を得たときにはすでに午後九時を回っており、大学から助教授が見えたのは午後十一時過ぎであった。

早速、旅館の裏庭に仮設の解剖台がつくられ、屋内から電線を引くなどの準備がなされたとき、川風で秋の深まりを感じた。運び出された死体は台の上に載せられて助教授の執刀で解剖が開始された。最初に腹部にメスが入れられて左右に大きく開かれ、胃や腸や肝臓や腎臓などがつぎつぎに取り出された。最後に頭蓋骨にノコギリの歯が入れられ、はがされた頭蓋骨の中から大脳や小脳が取り出された。

あれほど美しかった女の死体は、見るも無残な姿に変わり果ててしまい、解剖が終了して切り口が縫合されても元の姿に戻ることはなかった。

川原湯駐在所において地検の検事さんを交えて打ち合わせがなされ、私は検事さんの取り調べに立ち会うことになった。

若い検事さんは、諭すように取り調べを始め、男はいろいろと弁解していたが、検事さんは熱心に耳を傾けていた。

「死人に口なしというから、僕がどんなことを言っても信じてくれないでしょう。たとえ信じてくれなくても、僕が言っているのは本当のことです」

どのような弁解をしようとも自由であり、検事さんは反発することをしなかった。

東京に出張していた捜査員により、男の身元を確認することができた。宿泊人名簿には二十三歳となっていたが、十八歳であることがはっきりした。男が所持していた缶入りの多量の青酸ソーダは、元勤務先で使用しているものと同じであり、無断で持ち出した疑いが持たれた。男はウサギに青酸ソーダを与えるなどの実験をしていたこともあり、慎重に取り調べをすすめることになった。

殺人事件で逮捕することができないんなら、青酸ソーダを盗んだ容疑で逮捕したらどうか、という意見が飛び出した。男が所持していた青酸ソーダは百グラム以上あったから、逮捕も不可能ではなかったが、自殺か他殺か不明の段階で強制捜査は避けるべきだ、という意見に押し切られた。

捜査情報が皆無と思われていたとき、駐在さんから、男と女が投宿した日の翌日、温泉から一キロメートルほど離れた山のなかで秘め事をしていたのが薪を採りにいった人に発見されていた、との報告があった。そのことが自他殺の決め手にはならなかったが、捜査員にとっては重要な情報であった。

検事さんがどのように取り調べようとも、殺してはいませんという主張を変えることはなかった。取り調べというより、よき相談相手のように事情を聴いていたから男の気持ちも徐々にほぐれ、殺したことをほのめかすようになった。逮捕状の請求の準備にとりかかり、昼食をとるためにいったん保護室に戻され、私は監視を仰せつかった。

男が話しかけてきた。

「世の中に亡霊があるんですか」

「亡霊があるかどうかわからないが、夢の中で出てくることがあるかもしれませんね」

「ある人は僕を嫌っていますが、ある人からは好かれているんです。どのようにしたらよいかわからず、そのことで悩んでいるんです」

このとき、枕もとにあった三枚のトランプに関係があるのではないかと思った。

死亡した娘さんの母親や兄弟が警察署にやってきたのを知ると、とてもうれしいです、と言ったが、その理由はわからなかった。

男からお茶を求められて用意をしていたとき、突然、苦しい、助けてくれ、との悲鳴が聞こえた。駆けつけて声をかけると、お母さんに会いたい、と言ったままばったりと床に倒れてしまった。医師がやってきて胃洗浄や注射をしようとしたときには、すでに息が絶えており、どのようにして自殺したのか、その原因の調査が始まった。

私の監視が不十分であったことは間違いなかったが、保護だったから致し方がないのではないか、という意見に救われた。

男は大量の青酸ソーダを任意提出していたが、そのほかにパンツの中に少量を隠し持っていた。男が女を殺したことを一部認めたが、全面的に自供したわけではなかったから動機を明らかにすることはできなかった。男も女も遺書を書いていたが、殺人をカムフラージュするためのものと思われたが、断定することができなくなった。

死体の確認にやってきていた娘さんの母親は、どうして殺されてしまったんだ、と死体にすがりついて泣いていた。男が自殺したことを知ると、誰はばかることなく、いい気味だ、いい気味だ、を連発していた。

「娘を殺して生き残ることは絶対に許せない」

このように言い放った母親の一言が脳裏に引っかかり、男と女の関係の難しさを思い知らされた。女の死体は涙ながらに母親や兄弟に引き取られていったが、男の死体は引き取り手がなく、町の無縁墓地に葬られて一つの事件の捜査を終えた。

留置場の看守

小さな自治体警察署の廃止に伴ない、昭和二十七年六月に国家地方警察勢多地区警察署に転勤になった。警察署の建物は戦災の跡に建てられたバラックであり、付属する留置場にいたっては、焼け残ったコンクリートの壁にトタン板が載せられただけのものであった。昔は「ぶた箱」と呼ばれていたというが、私が看守になったときだって留置人はぞんざいな取り扱いを受けていた。

看守係は四人いたが、二人ずつ二十四時間の勤務になっており、当番、非番の繰り返しになっていた。留置場には窃盗や詐欺などの被疑者や酔っぱらって保護された者もいたが、すべてが呼び捨てにされていた。予算が足りないために施設が不十分なだけでなく、備え付けの寝具はもちろんのこと、食事もお粗末なものであった。

暑い夏がやってくると、留置場は蒸し風呂のようになっていたが、三日に一度の入浴しか許されない。手拭いの持ち込みが禁止されていたため、ハンケチを用いて汗をぬぐうしかなかった。それでも苦情を訴える者がいなかったのは、やましいことをしてきたという負い目があったからかもしれない。

駅前の通りは戦災復興計画により、路面電車が廃止になって広くなっていた。警察署の真向かいに洋画の専門館があり、朝から音楽を流しており、映画が始まるとせりふが聞こえるようになった。一年三カ月の捕虜生活で多くのアメリカ軍の兵士に接しており、そのときの情景が目に浮かんできたりした。大規模の経済事犯のニュースが聞こえてきたことがあったが、被疑者に聞こえてもそれを防ぐことはできなかった。非番の日に映画館に足を運ぶことが多くなり、映画の鑑賞を欠かすことができなくなっていた。

看守になって二ヵ月ほどしたとき、幼稚園の園長さんが現金を強奪されて殺されるという事件が発生した。捜査本部が設けられて捜査が続けられたため、刑事は被疑者を取り調べている間がなく、多くの被疑者が時間を持て余すようになった。一ヵ月後に強盗殺人の犯人が警視庁に自首して逮捕になったが、凶悪犯人のイメージを抱くことができない優男《やさおとこ》であった。盗みに入って見つかり、とっさに首を絞めて殺したが、死に顔がいつになっても忘れられず、睡眠不足が続いために自首したという。大勢の被疑者や酔っぱらって保護した者に接しているうち、さまざまな人がいることがわかるようになった。

突如、衆議院が解散になり、第二十五回総選挙に突入した。有力な新人が立候補して激しい選挙戦が展開されたため、当選した候補と次点との差がたったの二票といいうきわどいものであった。選挙違反で県議や村長などの要職にある人たちが逮捕され、勢多署にも年配の村長さんのほか市議会議員が収容された。この者たちには真新しい寝具が差し入れられたり、食堂から食事が取り寄せられたりしており、担当の刑事の取り扱いも他の被疑者とは明らかに異なっていた。

当時、すべての留置人を呼び捨てにしていたが、選挙違反者には「さん」がつけられていた。同じ留置人なのに一方には「さん」をつけ、一方を呼び捨てにしている矛盾を感じ、すべての人に「さん」をつけて呼ぶことにした。

選挙違反で逮捕された村長さんは、留置に耐え難いと診断されて数日で釈放された。選挙違反の取り調べに立ち会っているうちに、選挙には買収や供応などで金がかかることがわかった。選挙を手伝うんだから報酬をもらうのは当然だとか、ただでは選挙を手伝ってもらえない、という考えが根底にあるらしかった。金を持ってきたのに断われば反対派と見なされてしまうため、いやいやながら受け取っていた選挙民もいた。この図式は山の中の町議会議員選挙に似たようなものであり、選挙に金がかかることを浮き彫りにしていた。

留置場には暴力団員もいれば、会社員や盗みの常習者などがいた。夜更かしに慣れている人だって、就寝の時間がやってくれば寝ざるを得なくなり、朝寝坊の人だって六時には起こされてしまう。自由にたばこを吸うこともできないし、アルコール類にいたってはまったく口にすることができない。拘束されているためにストレスがたまり、禁止されている同房の人と雑談をして退屈を紛らわすようになる。看守に注意されると一時はやめるが、やがて元のもくあみになり、きつく注意すると鬱憤《うっぷん》のはけ口が看守に向けられてトラブルになったりした。

偽証の女

留置人の監視に当たっている看守は、ラジオを聞くことも本を読むことも禁止されている。留置人が寝てしまうころには映画館からの音も聞かれなくなり、睡魔に襲われるようになる。夏のうちは蒸し風呂のような留置場であったが、冬になると冷蔵庫に入っているみたいになってしまった。小さな火鉢を抱えて暖をとっても背中はぞくぞくし、一酸化炭素で頭が重くなったりした。

やがて春を迎えようとしていたとき、珍しいことに若い女性が収容された。刑事が持ってきた書類には偽証とあり、昨年の選挙違反に問われている公判で二人の男性と偽証した容疑で逮捕された。退屈している留置人のなかから冷やかしの言葉が聞かれたが、やめさせようとしてもやめようとしない。

女性の年齢は二十三歳であり、団体職員であったが、留置場に入ってきてからは一言も発しなかった。逮捕されたことは若い女性にとって大きなショックに違いなく、夕食に手をつけようとしなければ、水も飲もうともしない。布団に入ってからも寝つかれないらしく、ときどき寝返りを打っていた。朝飯も食べようとしなかったため、気持ちを和らげようと思って声をかけたが反応がなかった。

ときたま捜査主任の取り調べに立ち会ったが、金銭の授受を認めて趣旨だけを否認していた。捜査の過程にあっては、票の取りまとめの謝礼となっていたが、公判廷においては一貫して金銭の貸借だと主張しているという。

捜査主任の取り調べに対し、女性はかたくなに否認を貫いており、根比べみたいになっていた。あらかじめ他の二人の男性と打ち合わせがしてあったらしく、三人の供述には矛盾が見られず、追及は困難のようだった。偽証の事実が証明できなければ、公職選挙法違反の公判でも無罪になる可能性が十分にあるという。

十日間の勾留延長が認められたとき、女性から図書の差し入れの申し出があったため、捜査主任に取り次いだ。

「否認しているし、証拠隠滅のおそれがあるから認めることはできない」

このように拒否されたが、自白させることができないあせりがあったようだ。

二日ほどしたとき、ふたたび女性から月刊誌の名前をあげ、差し入れてもらいたいとの申し出があった。要望をいれてやりたいと思い、ふたたび捜査主任に取り次いだが、前回と同じような理由で拒否された。

「書店から直接取り寄せるようにするか、私が購入してくれれば、証拠隠滅されることはないと思いますが」

勇気を出してこれだけのことを言った。捜査主任は何か考えているらしく返事をしなかった。拒否する理由が見つからなかったらしく、差し入れが認められたため、希望する月刊誌を購入してきて与えた。本を鼻に近づけて匂いをかぎ、おもむろにページをめくり始めたとき、初めて女性の笑顔を見ることができた。

検事さんの取り調べでも否認を貫いており、再度の勾留期間内において自白を得るのが難しい状況になってきた。いくら検察や警察の威信にかかわる重大な問題だと力んだところで、自白が得られない限りどうすることもできない。それだけでなく、選挙違反の被告人たちが、警察で自白を強要されたと訴えていたから取り調べはより慎重にならざるを得なかった。

捜査主任の取り調べに立ち会っていたとき、A代議士が署長のところに見えたので捜査主任が呼ばれて席を外したが、どんな用件かおおよその見当はついた。

女性が声をかけてきた。

「先日は、本を差し入れてもらってありがとうございます」

「私も本が好きだから、本を読みたい人の気持ちがわかるんです」

これが切っ掛けになって文学の話になると、被疑者と看守の立場を忘れて話し合うことができた。

ふと、改まった表情になった。

「私はどのようになるのでしょうか。私はどうしたらよいのでしょうか」

このような質問には簡単に答えることはできなかった。捜査主任の前では弱音を吐いたことがなかったが、この言葉を聞いたとき、偽証しているのに間違いないと思った。

「どうすればよいか、それはあなた自身が決めることなんです。いままでの供述が本当かウソか、あなたにはよくわかっていることじゃないですか。ウソをついて他人をだますことはできても、自分自身を欺くことは誰にもできないことなんです。どのようにするのがよいのか、それは上司や弁護士が決めることではなく、あなたの良心に従って判断すればよいことだと思います」

女性は、黙ったまま私の話に耳を傾けていた。

署長のところから戻ってきた捜査主任は、否認を前提に取り調べを続けたところ、いきなり自供したのでびっくりしたらしかった。どうして自供するようになったのか見当がつかないようだったが、それよりも自供を得られたことがうれしそうだった。

女性は勾留満期になったとき、処分保留として釈放になったが、二十二日間の留置場暮らしは苦痛だったに違いない。無罪を勝ち取るために若い女性に偽証を強《し》いていたとしたら、その行為こそもっとも悪質というべきである。

選挙違反の公判がどのような展開になるにしても、女性が自供したことによって大きく変わっていくかもしれない。

赤城山の自殺死体

私が鑑識係になったのは昭和二十八年であり、カンによる捜査から科学的捜査に移行していた過渡期であった。「犯行現場は証拠の宝庫」であるとか、「犯罪の捜査は現場から始まる」などといわれ、証拠が重要視されるようになった。ベテランの刑事ともなると、犯罪現場を見ただけで犯人の見当がついたといわれていたが、それが見直されるようになり、鑑識の仕事もますます重要性を帯びてきた。

犯罪現場へ行って指紋や足跡を採取したり、写真を撮影するのが鑑識係の重要な仕事になっていた。足跡は肉眼で見ることはできても指紋はどこについているかわからず、写真の撮影だって失敗が許されなかった。現場から採取した一つの指紋が犯人の決め手になることもあれば、頑強に否認をしていた犯人が指紋を突きつけられて自白を余儀なくされたりした。検視はおもに捜査幹部によって行なわれているが、そのつど補助をさせられていたため、いつの間にか自他殺の見分けができるようになった。

遺書を所持していれば自殺と断定しかねないが、誰が書いたのか明らかにしなければならなかった。検視には医師の立会いを必要としているが、少しでも死因に疑いがあると解剖に付すことになった。

赤城山の山頂付近で男の変死体が発見され、駐在所に届け出があったのは梅雨に入って間もなくのことであった。駐在所から本署に報告があったため、捜査主任は被疑者の取り調べを中断し、暗室に入っていた私は焼き付けを中止し、二人はジープに飛び乗って駐在所に急行した。死体を発見したという林業の手伝いのKさんが待っており、事情を聞きながら村の医師がやってくるのを待った。

Kさんはいつものように山菜を採りに行き、前橋の市街地が一望できるところに行ったとき、学生服を着た男が寝そべっているのが見えたという。声をかけたが返事がなかったため、近づくと死臭がしたのでびっくりし、山をかけ下りて駐在所に届け出た。医師が見えたためKさんの案内で山に登り始めたが、駐在さんも医師も山に慣れていたが、私は照明用の重いバッテリーを背負っていたし、捜査主任は山歩きを苦手のようだった。明るいうちに検視を済ませたいと思っていたため、難コースの近道が選ばれたため、あえぎながら登った。

バッテリーを草むらに置き、汗をふきながら撮影の準備にとりかかったとき、目の前に赤城の山々がおだやかな姿を見せていた。心地よい風に当たることができたが、やがて太陽は稜線に姿を消してしまい、検視を急がなくてはならなかった。

腐乱した死体の検視に先立ち、付近にあった草花をとって死体に捧げて合掌をした。死亡地点をはっきりさせるために、空を見上げるようにして横たわっている死体を入れて周辺の撮影をした。首に巻きついていたネッカチーフが気になったので顔を近づけると、死臭が鼻をついてきたが、このようなことにも慣れてきた。角度を変えて撮影をしてからネッカチーフと首の間に指を突っ込むとかなりのゆるみがあった。結び目を確かめるためにネッカチーフをはさみで切断したが、単に交差されていただけであった。

男の被っていた帽子にはN大学の校章がついていたが、なぜか、学生服のボタンはH大学のものであった。ポケットの財布に入っていたのはばら銭だけであり、上着のポケットには文庫本の『哲学の慰め』があり、ところどころに赤線がひかれていた。本を手にした捜査主任は、「こんな本を読むから自殺するようになるんだ」と吐き捨てるように言った。

腐乱していた死体は膨脹がすすんでいたから、容易に上着を脱がせることができない。はさみで上着を切り取ったが、下着は肉体にくっついていたため、傷つけないようにしながら入念にはさみを入れた。全裸にしたところで写真の撮影をし、捜査主任はもじゃもじゃになった頭髪をかき分けるように調べていったが、外傷や骨折などの異常は見当たらなかった。鼻の穴や眼球には数え切れないほとの蛆《うじ》が付着しており、ピンセットで取り出して大きさを調べた。溢血点の有無を明らかにすることができず、自殺と思われても断定する資料はなかった。

死後の推定時間を調べるために直腸温度を調べたが、外気温と同じであり、蛆の大きさや腐乱状態からして死後数日が経過しているものと思われた。身元を明らかにすることができなかったため、死体の指紋を採取してから付近の草むらを捜すと、睡眠薬の空き瓶が見つかった。この男が飲んだものかどうか明らかにするため、持ち帰って指紋を採取することにしたが、他に自他殺を明らかにできる資料を発見することができなかった。

私も以前にポェチュースの『哲学の慰め』を読んだことがあり、この男の自殺が人ごとのように思えなかった。世の中に悩みを抱えながら生きている人もいれば、悩みのないような人を見かけたりするが、それぞれが生きている。どうしてこの男が自殺の道を選んだか不明であったが、失われた命はふたたび戻ることはなく、どのような事情があっても命を大事にしたいものである。

初夏の日は長いといっても、すでに太陽は山の陰に完全に姿を消して西の空があかね色に染まっていた。広い空間にも暗さが忍び寄り、浮かび上がった稜線を美しく見せており、山の裾野《すその》に広がっている街の明かりがぽつりぽつりと見え始めた。雲一つない空にも星が輝くようになり、太陽が沈むのを待っていたかのように中天に月が顔を見せていた。自然の営《いとな》みをかみ締めながら下山したが、死体をそのままにしてきたのが心残りであった。

駐在所に着いたときには辺りはすっかり暗くなっており、駐在所から村役場に身元不明死体の引き取り方の連絡をとり、この日の検視の補助を終えた。

質屋さんは捜査の協力者

大きな自治体警察署の廃止に伴ない、大規模な人事異動があって初任地の前橋警察署に配置になった。一般にデカと呼ばれる刑事になったが、ベテランと組むことになったので心強かった。

刑事には点数制度がもうけられており、部屋には点数がグラフになっていたため、成績が一目瞭然《りょうぜん》であった。殺人事件などの凶悪な犯罪は点数が高く、窃盗の点数は低かったものの数は圧倒的に多かった。そのために窃盗事件の検挙の多寡が検挙成績を左右しているといえなくもなかったが、どんなに有力な情報を得ても検挙しなければ点数にならなかった。そのために他の刑事に捜査情報を漏らすことはなく、捜査の協力を叫んでも縄張り根性が捜査の障害になっていた。

ときどき質屋さんを訪ねたが、特定の刑事と親しくしていたから割りこむ余地がなかった。顔見知りになった質屋さんに行ったとき、おかみさんがお菓子を出してくれたが、私はお茶以外はごちそうにならないんです、と言って断わった。

「うちには大勢の警察官が見えますが、お菓子に手をつけないのは三人だけですよ。一人は腹をこわしているからいらないといい、もう一人はお茶さえ飲まないんですが、深沢さんはどうして遠慮なさるんですか」

「警察官は清廉でなければならないと思っているし、警察官になったとき、お茶以外はごちそうになるな、と教えられたのです」

「お菓子を出したからといって、大目に見てもらおうなんて思ってはいませんよ」

「堅苦しいことは嫌いですが、自分で考えている一線だけは越えないようにしているだけなんです。他の警察官がどのようにしているか、それは私には関係のないことなんです」

「刑事さんは、警察官らしい警察官ですね」

この言葉を聞いたとき、上司から発破をかけられたことを思い出し、同じ言葉であっても、使う人や場所で大いに受け取り方が異なることを知った。

それから一カ月ほどしたとき、ふたたび質屋さんを訪れた。

風呂敷にラジオをくるんできた若者が見えると、私は腕時計を外して奥さんと交渉しているような仕種《しぐさ》をした。お客さんは急いでいるようですから先にやってくれませんか、と言うと、男は私を客と思ったらしく、お先にと言ってラジオをテーブルの上に置き、米穀通帳を取り出して身元を証明していた。奥さんがそれをひかえて交渉すると、さらにポケットから二個の腕時計を取り出して値段の交渉をし、より多く借りようとしていた。

いくら米穀手帳を持っているからといって、盗んだこともあるからどこの誰か知りたかった。交渉が成立して質物台帳に記入するとき、奥さんはいろいろと質問していたが、それは私に聞かせているみたいであった。

二個の腕時計にも不審が持たれたため、その捜査もしなければならなかった。男が帰ってから質物台帳に記載されたラジオと腕時計の特徴などをメモし、男の身体特徴を警察手帳に書き込んだ。

ラジオと腕時計については被害の届け出がなかったが、米穀通帳は盗まれていたことがはっきりした。奥さんが勤め先について尋ねたとき、男は会社の名前を口にしており、それを手がかりに捜査をすすめたが、すでにやめていた。会社に残されていた履歴書によって本籍や氏名などが判明したが、男は住所不定であってギャンブルに凝っていることがわかった。

競輪場で張り込んだが、Sさんの顔を見ていたから捜すのもそれほど骨ではなかった。Sさんですね、と声をかけると振り向いて怪訝《けげん》な顔をしており、やがて、そうですが、と言った。質屋さんにラジオと腕時計を入れたことはありませんか、と尋ねると、質屋に行ったことがないという。それでは、Aという偽名を使って質入れをしたことはありませんか、と質問すると、そんな人は知らないね、と言った。

「Aという人は米穀通帳を盗まれており、Sさんがそれを使ってラジオと腕時計を入質しているることがはっきりしているんです」


「そこまでわかっているんじゃや、これ以上しらばくれるわけにはいかないね」

なぜ、犯行がばれてしまったのか、男には見当がつかなかったようだし、私が質屋さんにいたことも気がついていないようだった。

新聞記者に我慢の限界

私は点数制度に批判的であったため、刑事部屋にあった検挙成績のグラフはいつも最下位の位置にあった。刑事より内勤に向いていると思われたらしく、半年ほどで内勤に配置換えになり、電話の応対やガリ版による書類の作成などをした。勤務時間が終了しても課長が帰らないと誰も帰ることができなかったが、これは刑事のときと同じであった。

毎日のようにたくさんの捜査書類に目を通しているうちに、誤字や脱字だけでなく文章の誤りを指摘できるようになった。きちんと捜査している刑事の書類が不適切であったり、ずさんな捜査をしていると思われる刑事の書類が整っていたりした。どのような捜査がなされていたか、上司は書類で判断するしかなかったが、もっとも避けなくてはならないのは事実を歪曲することであった。

いままでは新聞記者に接することが少なかったが、毎日のように「サツ回り」の記者がやってきた。大学を出たばかりの新米記者もいれば、地方のベテラン記者もおり、取材のやり方は各人によって異なっていた。誰もがスクープを心がけているらしく、早朝から警察にやってきたり、遅くまで駆け回っていた記者もいた。

おもしろいことに、部下に威張り散らしている幹部が、記者にへつらいを見せていることであった。幹部が記者に一目置くのは警察の内部を暴かれたくないからさ、というベテランの刑事もおり、記者の側面を知ることができた。

大きな事件が発生すると、サツ回りのほかにも記者が投入されて取材合戦が激しくなった。捜査幹部から新聞発表がなされることがあったが、捜査に支障を来《きた》すような箇所は伏せられていることが多かった。私は事件の捜査はしていなくても、報告されてくる書類を検討していたから事件の内容はよくわかっていた。各紙を読み比べてみると、新聞発表のままと思われるようなものもあれば、かなり取材がすすんでいると思えるものもあった。ときには事実と異なっていると思えるものもあったが、捜査上の都合で発表されなかったものもあったし、取材のミスと思えるようなものもあった。

ベテランの捜査幹部から、「新聞には三分の事実と七分のウソがある」と聞かされたことがあった。多くの人は新聞やラジオによってニュースを知るほかはなく、たとえそれが誤っていたとしても指摘できる人はいたって少ないのではないか。

いつものように新聞記者が捜査課にやってきたが、あいにくと課長が不在であった。いすに腰を下ろしたかと思うと、机の上の書類をめくったり、机の引き出しを開いて書類を盗み見たりしていた。仲間の記者がやってくると雑談になり、仲間が増えると猥談《わいだん》となったため、いつもは記者にへつらいを見せていた先輩がぶつぶつ言い出した。猥談より先輩の愚痴の方が気になったが注意することはできない。

猥談がいつまでも続いたため、記者に注意せざるを得なかった。

「仕事の邪魔になりますから、静かにしてくれませんか」

これだけのことをいうにも勇気が必要であり、みんながいっせいに私の方を振り向いた。聞こえたと思われたが、沽券《こけん》にかかわると思ったのか猥談をやめようとせず、爆笑さえ起こった。侮辱させられたような気になり、怒りを静めることができず立ち上がって記者のところへ行った。

「静かにできないというんなら、部屋から出ていってもらうしかないんです。雑談したければ記者クラブでしたらどうですか」

私の剣幕に圧倒されてしまったのか、誰一人動こうとしない。

「出ていかないというんなら、出てもらうしかないんです」

猥談の張本人と思える記者の襟首をつかんで部屋から追い出すと、つられるようにして他の記者も部屋から出ていった。

少しばかりやりすぎたと思ったが、どうすることもできなかった。

その日は何事もなく、翌日にくだんの記者が見えた。

「きのうは少しやりすぎて悪かったね」

記者の姿を見たとき、私の口から素直にこんな言葉が飛び出した。

「こっちこそ、迷惑をかけてしまった。こんごもよろしく」

お互いにあいさつをすることができたが、わだかまりが完全に消えたわけではなかった。

記者の目に余るふるまいに我慢することができなかったが、私だって鼻持ちがならないと見られているらしかった。

元日の強盗事件

大みそかは当番勤務になっており、朝から勤務についたが、日中はとくに取り上げるような事件や事故の発生はなかった。今夜も歳末警戒が実施されたため、午後八時までに私服の警察官がぞくぞくと会議室に集まり、捜査幹部の指示を受けてから管内に散っていき、午後十二時まで勤務につくことになった。

パトカーを運転して警らに出かけると、道路上で人が倒れている、との一一〇番があった。現場にいたのは立派な服装をした中年の男であり、呂律《ろれつ》が回らないほど酔っぱらっており、保護して本署の係員に引き渡した。

ふたたび署に移り、初詣でで賑わうM神社にいくと、数人の制服の警察官が警備にあたっていた。大勢の老若男女がつぎつぎに参拝し、除夜の鐘が鳴るころにはピークに達しており、運転を交替しながら警らを続けた。午前一時ごろ帰署し、仮眠の時間になるのを待っていたとき、警察電話のベルが鳴った。

「こちらはF駐在所ですが、いま、強盗事件の届け出があったのです。犯人は日本刀のようなものを被害者に突きつけ、金《かね》、金《かね》と言って脅し、数万円の現金を奪って逃走しています。覆面をしていたために人相がわからないが、黒っぽい服装をしていた背が高い男ということでした」

ただちに全署員の非常召集が発令され、隣接する警察署へも手配がなされた。

私は現場保存を命ぜられ、近くの農家から荒縄を借りてきて関係者以外の立入り禁止の措置をとった。ひとしお寒さが身にしみ、オーバーの上から冷気が肌を刺してきた。多くの捜査員が配置についていたが、遅れて現場にやってきた幹部は少しばかり酔っていたらしく、悪い時期に発生したものだ、とぼやいていた。

管内の鉄道の各駅には捜査員が張り込み、主要な道路にも配置されて網の目のように警戒態勢がとられた。神社や仏閣や空き家などもしらみ潰しに調べられ、徹底的に犯人の追跡がなされたが、真夜中とあっては聞き込みをする場所がない。

夜が明けるのを待って本格的に実況見分がなされたが、庭には無数の地下足袋の足跡があり、それは裏の桑畑に続いていた。犯人が時間待ちをしていたらしく、桑畑にも無数の足跡があり、寒さに震えていたためかあっちこっちに移動したらしかった。

犯人はカギの掛かっていない勝手口から侵入し、台所に不鮮明な足跡があり、土足のまま座敷にあがったらしく、ところどころに土が落ちていた。

「犯人が侵入してからどのようなことをしたか話してくれませんか」

「足を蹴られたので目を覚ましますと、黒っぽい服装をした人が立っていたのでびっくりしてしまい、右手に持っていた日本刀のようなものを突きつけ、金、金と二度か三度言いましたが、ほかは何もしゃべりませんでした。タンスの引き出しにあった財布を渡しましたが、現金は五万円と小銭が入っていたと思います」

六畳の寝室には豆球がつけられていただけであり、被害者はびっくりしてしまったし、犯人が覆面していたから人相や特徴がわからない。犯人が出ていっても怖かったため家から出ることができず、落ち着きを取り戻してから隣の家に駆け込んで駐在所に電話しており、犯行の時間がはっきりしない。

金欲しさの犯行という見方では一致していたが、どのような犯人かとなると意見は分かれていた。覆面をして多くをしゃべらないから顔見知りではないか、地下足袋を履いているから農業や土木作業者ではないか、というものであったが、いずれも推測の範囲を出るものではなかった。

銃砲刀剣類の所持者名簿から洗い出すことになったが、すべて登録されているとは限らない。模造の刀剣ということもあるし、被害者が日本刀と見間違えたということだってあり、それらも考慮しなければならない。Ｓマークの入った地下足袋は県内の農協で販売されており、広範囲にたくさん出回っているから犯人を割り出すのも簡単ではなかった。地下足袋のサイズを測ったり、減り具合を調べたり、歩き方に特徴があるかどうかも調べることにした。前科がある者はもちろんのこと、ギャンブルに凝っているとか、遊興費に困っているとか、素行不良者など犯罪に結びつきそうな人物をリストアップしていった。

県の教育委員会は休みであったが、連絡をとって銃砲刀剣類の名簿を見せてもらうなど、さまざまな面から捜査が始められた。

現場での仕事が一段落したため、私は現場付近の集落の聞き込みを言いつけられたが、強盗事件の発生を知っている者はいなかった。事件の概要を説明してから聞き込みを始めたが、酒を飲んでいる人のなかには縁起でもないという表情をする者もおり、聞き込みははかどらない。

一睡もすることができなかったから、頭はぼんやりしてきたし、腹が空いてきても満たすものは何もなかった。捜査本部から配られた食パンと牛乳にありついたのは正午過ぎであり、空腹を満たすことができたが冷たい牛乳で寒さが増幅してしまった。

当番勤務から引き続いて捜査に従事している者は、すでに三十時間以上になっていた。それなのに不平や不満を口にする者がいなかったのは、警察官という自覚があったからかもしれない。捜査は暗くなるまで続けられたが、犯人に結びつくような情報を得ることができず、翌日に持ち越されることになった。

一月二日から競輪が始まったため、交番の非番員は全員が配備についた。きのうに引き続き聞き込みに従事したが、集落の人たちの多くが事件にかかわるのを嫌っていたらしく、積極的に協力してくれなかった。リストに載った人たちを重点に捜査をしたが、アリバイがあって捜査線上から消えたかと思うと、新たに登場する人物もいたが、数人に絞られてきた。

二日目も三日目も新たな展開はなかったが、四日目になったとき、事件は急展開の様相を見せてきた。二人の捜査員が農家を訪れたとき、たまたま土間に脱ぎ捨てられていた地下足袋がSマークのものであった。何気なく裏側を見ると、現場にあった地下足袋の足跡と同じ紋様であるだけでなく、減り具合も酷似していた。

その家は旧家といわれており、地方の名士であったから警察の幹部にも懇意にしている者がいた。家族のなかの男といえば、五十歳になる父親と二十五歳の長男だけであり、長男は近所の人たちから真面目《まじめ》と見られていた。青年団の役員をしており、強盗するような人物とは思えなかったが、捜査の焦点を当ててみると、いくつかの疑問点が生まれた。

父親がけちで息子は小遣い銭に困っており、最近、ギャンブルをするようになったこともわかった。これだけでは資料が足りなかったため、主人から地下足袋の任意提出を受けて鑑定を急ぐことにした。指紋は万人不同といわれているけれど、足跡は決定的に欠けているといわれていたが、現場から採取した足跡にも任意提出を受けた地下足袋にも同一の箇所に同じような傷跡があった。

家族の名前で刀剣類の登録はなされておらず、模造刀剣ということも考えられた。いろいろの角度から検討され、強盗の疑いが濃厚になってきたため、任意出頭を求めて事情を聴取することになった。このようなことは捜査官にとっては日常茶飯事であったが、相手にとっては深刻な問題であった。

朝早く二人の刑事が青年の家に出向き、地下足袋が犯罪現場の足跡に似ており、事情を聴きたいから本署まできてくれませんか、と伝えた。朝食をとったばかりの青年の顔は急に青ざめ、自動車に乗り込んだとたんに泣きじゃくり、とぎれとぎれに強盗に入ったことを自供したという。

二カ月前に友人に誘われて競輪を始め、大穴を当てて病み付きになり、青年団の現金に手をつけてしまい、穴埋めのための犯行であった。裕福な家庭に育ち、世間からは働き者と見られていたが、ギャンブルを覚えたために犯罪に陥ってしまったのだ。父親は息子に対する思いやりのなさを反省していたというが、大穴を当てた代償はあまりにも大きかった。

白紙で提出した勤務評定カード

警察では、外勤よりも内勤、警察署より本部勤務の方が出世が早いとされている。捜査内勤は試験勉強をするには恵まれたポストであったが、本を読むことは好きであっても丸暗記は苦手であった。いつになっても昇任試験を受ける気になれず、それよりも半年で交番勤務を終えてしまったことが残念であった。もう一度交番に立って世の中の勉強をしたい気持ちが強くなり、昨年の勤務評定カードの希望欄には交番と記入したが受け入れてもらえなかった。ことしも勤務評定の時期がやってきたが、昨年の二の舞にはなりたくなかったため、やり方を変えることにした。

同僚の防犯課員から話を聞かされたことがあった。

「転勤の希望を出したところ、課長から『おれの下で働きたくないんか』と嫌みを言われて取り消したことがあるんだよ」

勤務評定カードは、人事や昇任の参考になるといわれているが、このようなことがあるのがわかってきた。上司に反抗的な態度をとると左遷させられ、気にいられると希望がかなえられるといわれていた。所属長の胸三寸で人事が決まるといわれているため、お歳暮やお中元を届けたり、仲人を頼んだりする者がいるといわれている。

各階級の昇任試験は年に一回実施されている。試験が近づくと、仕事よりも試験勉強を優先していると思える姿が見られたりした。出題するのは本部の部課長であり、幹部のなかには部下からより多くの合格者を出したいと思っている者もおり、出題傾向を知るためにひそかに情報の収集が行なわれたり、教養という名のもとに特別教養が実施されたりもした。捜査に従事している刑事は勉強をする十分な余裕がないため、警備などの係に遅れをとってしまう傾向にあった。

勤務評定のために白紙のカードが配られ、必要事項を記入して提出することになった。私は希望欄だけ空白のまま提出すると、書き忘れたものと思ったらしく、上司から希望欄に書き込むよう注意された。昨年は交番勤務を記入したが受け入れてもらえず、書いても無駄と思ったので記入しなかったのです、と返事をした。このことが上司の機嫌を損ねたらしかったが、改めて希望欄に「交番」と記入して提出すると、一週間ほどして署内の小規模の人事異動があった。私は希望した通り繁華街の交番に配置換えになったが、とばっちりを受けた巡査もおり、後味の悪いものになってしまった。

階級がはっきりしている警察にあっては、実力があろうとなかろうと、階級が上の方が実力があると見なされている。上司が部下に命令したり、指導監督したりするのは当然のことであるが、なかには私的な用事を部下に言いつける上司がいる。階級が上がれば給料も上がって責任も重くなるが、階級が実力や人格のバロメーターになっていないことがだんだんとわかってきた。

ふたたび交番勤務

私が二度目の交番勤務になったのは、昭和三十年七月四日であった。初めて交番に立ってから八年が経過しており、戦災の傷跡もすっかりと姿を消し、市の復興計画によって大きく変わりつつあった。私が配置になった桑町巡査派出所は繁華街の一角にあり、もっとも忙しい交番の一つになっていた。過去の交番勤務と大きく変わっていたのは、労働基準法の施行によって一週間に一日の休みが与えられていたことだった。

日勤の日には巡回連絡や被疑者の押送などをし、当番勤務のときは立番、見張、警らを行なうのは以前と同じであった。当番や日勤の勤務員は午前八時三十分までに出署し、幹部から拳銃《けんじゅう》を受け取り、携帯品や服装の点検を受け、必要事項の指示を受けてから勤務についた。当番勤務員はあらかじめ決められた勤務表により、二人の巡査が交互に立番、警ら、休憩を繰り返すことになっていた。立番のときは、交番の施設の外に立って警戒に当たり、公衆からの諸願届けの受理や地理案内を行なうことになっていた。

職務の執行に当たっては、冷静で迅速、公平で親切をモットーとし、警らや巡回連絡などのあらゆる機会を通じ、受け持ち区域内の地勢や風俗や犯罪傾向などを把握し、これらに通《つう》暁《ぎょう》しなければならない、とされていた。

交番の区域内には県庁や市役所などの官庁もあれば、映画館や飲食店やパチンコ店などもあった。たくさんの商店があったから買い物客で賑わい、スリなどの犯罪だけでなく、遺失物や迷い子や地理案内などが多かった。平日と日曜日の違いもあるが、朝から翌朝まで勤務をしていると、人の流れに大きな変化があることがわかってきた。犯罪の被害の届け出があれば現場に急行しなければならず、ときどき交番を留守にしてしまうことがあった。

日勤の日、巡回連絡簿を携帯して毎戸を巡ったが、裏通りにあるアパートには六世帯が住んでいた。製糸工場に勤めているという主人の家庭は、狭い二つの部屋に六人が暮らしており、畳はすり切れ、子どもたちの服装もみすぼらしかった。留守をしていた奥さんは、働きに出かけることもできないし、雨漏りにも悩まされてしまうんです、と言っていた。一家の主人が病弱のため、医療費の支払いに四苦八苦されている家もあれば、日雇いや大工さんが住んでいたりしたが、どこの家の生活も貧しいようだった。いろいろ話を聞きながら午前中で二十一戸の巡回連絡を終えたが、初対面なのに主人の悪口を言っていた若い奥さんもいた。

小学校から帰ったばかりらしく、ランドセルを背負ったまま玄関で泣いていた男の子がいた。声をかけると一瞬泣きやんだが、制服を着ていた私を見るとさらに大きな声をあげ、玄関にカギは掛けられていたし、家族の姿は見えなかった。慰さめの言葉をかけると、またもや大きな声で泣き出してしまったが、しばらくすると小学五年生という姉が見えると泣きやんだ。

このようにして最初の巡回連絡を終了したが、これからどんなことに出会うか予想することはできなかった。

翌日の当番勤務の日の午後三時ごろ、パチンコ店から盗難の届け出があった。夕方になると県庁裏の工事現場で作業員同士のけんかがあり、一人が手斧《ちょうな》で殴られて入院するという傷害事件が発生した。それが一段落すると映画館から、ブロバリンを飲んで自殺を図った女がいる、との届け出があった。発見が早かったために大事にはいたらなかったが、関係者の話により、夫には情婦がおり、三角関係のもつれによる狂言自殺の疑いが濃厚になってきた。その後は捜査係によって取り調べられたため、結末がどのようになったか知ることはできなかった。

野球場の警備

栄《は》えの青獅子旗と全国大会出場をかけた第二十六回都市対抗野球大会北関東予選が、県営の敷島球場で開催された。午前八時から開会式が行なわれ、前年度優勝の高崎鉄道管理局の主将から優勝旗が返還され、レプリカの贈呈があり、選手宣誓がなされ、北野知事の始球式があって試合が開始された。

第一試合は富士重工と全鹿沼の対戦であったが、一点ずつの取り合いとなって延長戦にもつれ込んだ。第二試合の高鉄と日鉱の開始は、予定よりかなり遅れてしまい、第三試合は全桐生と東京電力の対戦であったが、乱打戦となったために長い試合になってしまった。第四試合は地元の全前橋と強豪の日立との対戦となったが、試合の開始は大幅に遅れてしまい、試合の終了が危ぶまれる事態になっていた。

全前橋の先攻で試合が始まり、二回に二点をとって先行したものの四回には一点差に詰め寄られてしまった。五回の先頭打者に安打され、次の打者に三塁打を打たれて同点とされると、今度は中犠飛されて逆転を許してしまった。このとき、三塁走者のタッチアップが早すぎたのではないか、と監督が抗議したが受け入れられず、本塁のセーフも際どいものであったため、重ねて抗議された。観客も総立ちになって騒ぎだし、全前橋の応援団席から一人の観客がグランドに降りて審判を小突《こづ》くというハプニングが起きた。騒ぎが大きくなったため出動を考えていたとき、関係者に取り押さえられて大きなトラブルにはならなかった。

試合の進行が大幅に遅れ、照明設備がなかったから薄暮の試合になってしまった。七回の裏には簡単な飛球を落とすようになったが、それでも試合が続行され、審判のストライクやボールの判定だってあやしいものになってきた。インコースに投げられると打者にとまどいが見られ、この回に一挙に六点を追加されて全前橋の敗色が濃厚になってきた。ボールが見えなくなって続行が不可能になり、ようやくコールドゲームが宣告されてこの日の四試合を終了することができた。

警備をしながら四試合を通じて気がついたのは、各審判の判定がいかに大事かということであった。主審は一球ごとに判定を下していたし、塁審は走者が駆け込んでくるたびにアウトかセーフのジャッジをしていた。すべてが正確になされているとは限らず、ときには審判の誤審によって勝敗が決することがあるかもしれない、と思ってしまった。

大きなトラブルにはならなかったが、何度か緊張する場面があった。不測の事態が起こったとき、数人の巡査だけでは対応が難しかったのではないか。

赤城山キャンプの暴力団員

谷川岳の山開きには六千人の登山者が押しかけたり、マナスル登山の成功が新聞に報じられるなど、日本にも登山ブームの兆しが見えてきた。赤城山でも夏の期間中、県では湖畔にキャンプセンターを設置し、青少年の補導に当たることになった。交番の巡査も交替で勤務することになったが、警察官臨時派出所が完成するまで日帰りになっていた。

私が割り当てられたのは、学校が夏休みに入った直後の七月二十日であった。前橋駅始発のバスに乗ったのは数名であり、途中で何人かの乗降客があったが、終点まで乗ったのは、キャンプセンターで働く県の女子職員と病院から派遣された看護婦さんだけであった。峠の終点から湖畔まで三キロほどの道路は工事中であり、昨夜来のどしゃ降りのためにどろんこ道になっていた。二人の女性は立ち止まって思案していたが、若い女性の手を握ることさえ抵抗がある時代であった。素足になろうとしたのを見て、背負ってあげましょうか、と声をかけるとうなずいたため、二人を代わる代わる数十メートルも続いたどろんこ道をよろけながら歩いた。

山の警備といっても仕事らしい仕事があったわけではない。朝のうちに大沼の湖畔を一巡りしてから小沼まで足を伸ばしたが、ここには人の姿はまったく見られない。山の空気を一人占めにしてから大沼の湖畔に戻り、周辺が見渡せる広場のベンチに腰を下ろした。太陽に照らされた湖面はボートを漕ぐ若い男女で賑わっており、木陰のベンチで本を読んでいると、二人の体格のよいヤクザ風の男がやってきた。

「モク（たぼこ）があったらくれないか」

「たばこを吸わないから持っていないんだよ」

「しけてるな。お巡りさんは一人でやってきたんかい。いつまでいるんだい」

「そんなことはどうでもいいが、見たところどこかの身内のようだが」

「それこそ、どうだっていいことじゃないか。モクがねぇなら用はないや」

背の高い男は二十七、八歳、左のほほに数センチの切り傷の跡があり、もう一人の男はずんぐりしていて背中にテングの入れ墨があった。キャンプには縁遠い存在と思われたヤクザが、どうしてやってきたのか疑問が消えなかった。

ベンチにいたとき、売店の主人に誘われて店にいき、赤城山の歴史の話を聞きながらお茶をごちそうになった。どんなに暑くても三十度を超えることはなく、いまだ電話が入らないが、観光地として発展するのは間違いないという。

太陽が雲に隠れるとひんやりとし、太陽が姿を現わすと暖かさが戻ってきた。雲の動きがあわただしくなり、いまにも雨が降りだしそうな空模様になり、黒っぽい雲がやってきたかと思うと雨になった。広場にいた人たちも売店の軒下に逃げ込み、湖上のボートも先を競うように発着所を目ざしていた。私も売店の軒下で雨を避けながら流れていく雲や湖上に落ちる雨を眺めているうちに、おもしろいことに気がついた。

激しい雨が湖面を叩《たた》くと、それぞれの雨粒のしぶきがぶつかりあい、小降りになると湖面も穏やかになった。雲が去って太陽が顔をのぞくようになると、売店の軒下にいた人たちが空を見上げたり、湖面を眺めたりしていた。ふたたび激しい雨に見舞われたとき、湖面という広い舞台で太陽の照明を受け、雨粒という小さな踊り子たちが乱舞しているように見えた。うっとりと湖面を見つめていると、いつの間にか雨がやんで青空が戻ってきた。日没までに間があったが、すでに太陽は稜線に姿を隠しており、気温もかなり下がってきた。

旅館の息子だという若い男がやってきた。

「入れ墨をしたヤクザがあいくちを持っているから気をつけてください。何かあったらお手伝いしますよ」

旅館の息子さんから知らせがあっても、あいくちを所持しているだけでは取り締まることができなかった。最終のバスの時間まで一時間ほどになってきたが、ヤクザを残したまま帰ることができなくなった。本署に連絡しようと思っても電話はなく、やむなくバスが待つ峠まで行って運転手さんにことづけを頼んだ。

湖畔に引き返す途中、何度も拳銃《けんじゅう》に手をやったが、むやみに使うまいと自分に言い聞かせていた。私は柔道初段であったが、二人の大男を相手にしては勝てる見込みはなく、心細さが増してきた。恐怖心がないといえばウソになるが、キャンプを楽しんでいる人たちのことを考えると、どのような危険も避けることができなかった。

湖畔に戻ったときに兄貴分らしい顔に傷のある男がパンツ一つになり、あいくちを振りかざしていた。キャンプにやってきた人たちが遠巻きに眺めていたが、背の低い方のヤクザの姿はどこにも見られない。心が高ぶってきたが冷静になることを心がけ、右手に持った警棒を隠しながら何気ない素振《そぶ》りで男に近づいていった。

「あいくちを振り回していては危険だから、こちらによこしてくれないか」

「ふざけるない。これはおれの物だ。取り上げられるものなら取り上げたらどうだ」

大勢の人が見ていたため、抵抗の姿勢を見せながらタンカを切っていた。

「そんなことを言わず、渡してくれませんか」

「うるせえな、駄目だと言ったら駄目なんだ」

あいくちを振りかざしてかかってくるジェスチャーをしたため、とっさに警棒で男の手首を叩いてあいくちを落とし、逮捕術の要領でその場で男を取り押さえた。

「おれは、何も悪いことをしていないのに、どうして逮捕したんだ」

逮捕された腹いせに警察官の悪口雑言を浴びせてきたが、大勢の人のさらし者にしたくないため、こっちにこないか、と声をかけて小屋の陰に連れて行った。

「本気でやる気はなかったんです。勘弁してくださいよ」

先ほどの威勢を忘れたかのように土下座をして謝った。

男を取り押さえたものの、交通の便もなければ電話もなかったから山腹の集落まで十キロメートルほど歩いていくしかなかった。このとき、私を気遣って事の成り行きを見ていた旅館の息子さんが見え、山の中に営林署の出張所があり、そこに専用の電話がありますから連絡してきてあげましょうか、と言った。

若者が出かけて行ったのでその場で待っていると、運よく工事用のトラックが見えたので事情を告げて同乗させてもらった。車が走り出すと、荷台に乗っていた裸の男は寒さに震え出したため、雨の降ったときの準備のために携帯していた雨ガッパをかけてやると、素直に「ありがとう」と言った。

山から下りて最初の集落に差しかかったとき、サイレンを鳴らしながら山に登ってくる自動車があった。車を止めて事情を聞くと、警察官がヤクザに拳銃を奪われて乱暴されたとの知らせがあり、三台でやってきたという。どこかで連絡の手違いがあったことがはっきりし、パトカーの無線でありのままを本署に報告した。二人のヤクザは駅前で学生から現金を巻き上げているといい、もう一人のヤクザを捜すために車は湖畔を目ざしていった。

本署に着いて身柄を幹部に引き渡し、公務執行妨害の現行犯逮捕手続書を作成してその日の勤務を終えた。

翌日の新聞を見ると、「警官ヤクザに殴られ、拳銃を奪われる」との大きな見出しの記事になっていた。びっくりしたのは、公務執行妨害で逮捕した被疑者の住所や氏名や年齢まで載っていたことだった。連絡の間違いがあっただけでなく、記事に誤りがあることがはっきりしたが、訂正の記事が載ることはなかった。

その後、記事を書いたと思われる記者が交番に見えたため、そのことをただした。

「いやあ、あの事件があったとき、新聞の締切り間際だったんだよ。警察官が拳銃を奪われたというので一報したが、その後、公務執行妨害で逮捕されたことがわかったが、全部を書く直す時間がなかったため、あのような記事になってしまったんだよ」

記者の弁解はそれだけであった。

競輪場の警備

月末の土曜日のためか、多くの事件や事故が発生したため一時間ほどの仮眠しかとることができなかった。勤務を交替する直前に窃盗の被害の届け出があり、被害者から事情を聴取したりし、引き継ぎを終えて勤務日誌を外勤の幹部に提出して、下宿に戻ったのは正午少し前であった。食事をするやいなや布団にもぐりこんだが、午後一時から競輪場の警備が割り当てられていた。

下宿のおばさんに起こしてもらったが、三十分しかたっていないため、起きる気になれなかった。どうして非番の日に勤務を割り当てるのだろうか、徹夜や休日の勤務をしても手当てが支給されないのはなぜだろうか、という疑問が頭をよぎってきた。

競輪場の警備を免除してもらおうと思い、勇気をだして外勤幹部に電話した。

「昨夜は一時間しか仮眠をとることができず、競輪の警備を免除してもらいたいのです」

「交番に勤務していてぐっすりと眠ろうなんて考えていることが間違いなんだ。眠いから休ませてくれと言われたんじゃ、非番の日は誰も使えなくなってしまうじゃないか」

このように拒否されてしまったが、抵抗には限度あり、いやなことであったが「長いものには巻かれろ」ということになってしまった。

多くの企業や官庁で給料が支給されたばかりであり、月末の日曜日であったから競輪場はいつもより混雑していた。観客は年々増加の傾向にあるというし、生活が豊かになってきたのか家族連れが目立つようになった。たくさんの観客の中に指名手配者がいるかもしれないし、ヤクザが八百長レースを仕組んでいるかもしれないのだ。

勤務についたときには、第三レースが締め切りの間際になっていた。さかんに「締め切り五分前」が連呼されており、やがて「締め切り三分前」となり、「締め切り一分前」となると、拡声器の声もせわしくなってきた。客も窓口に殺到していったが、一分間があまりにも長すぎるようだった。

発売の窓口がいっせいに閉ざされた。第三レースが締め切られて観客が移動すると、色とりどりの帽子やユニホームを着た九人の選手が出発ラインに並んだ。ピストルの合図でいっせいに飛び出し、初めはゆっくりと巡っていたが、回数がすすむにつれて速度を増していき、最後の一周で激しいデッドヒートが展開された。観客も総立ちになって固唾《かたず》をのみながら勝敗の行方を見守り、大きな声で何かを叫んでいた者もいた。結局、黒の帽子を被った選手が白の帽子の選手をタッチの差でかわして優勝した。

確定の着順がアナウンスされると、あっちこっちからため息が漏れ、くやしそうな表情をしながら車券を改める姿も見られた。当たり券を手にした人たちはぞろぞろと払い戻し所に向かったが、そこには当たり外れの厳しい現実があった。

競輪や競馬などのギャンブルに凝っている人のなかには、大穴を当てた経験の持ち主が少なくないようだ。夢よもう一度、という気持ちがあったり、もっと儲《もう》けようとしたり、損を取り返そうとするため、いつになってもやめられないようだ。いずれにしても百円の元手で何千円とか、何万円の配当が受けられることが魅力であり、そのために病み付きになったりする。

競輪場には何人もの予想屋がいたが、どれほど当てることができるのだろうか。予想を商売にしているからよどみなくしゃべっているが、話し方や説明がうまいから当たるというものではない。人だかりができていたり、客のいない予想屋があったが、この違いがどこにあるかわからない。当ててもらえば信用が増すということかもしれないが、ギャンブラーにならないところからすると、予想だってあまり当てにできないということになりそうだ。

警備の警察官は車券を購入することが禁止されているから、冷静にレースを眺めることができた。誰が一着になろうと、どんな配当になろうとまったく関係のないことであったが、八百長レースには神経をとがらせなければならなかった。主催者は八百長レースの防止に目を光らせているというが、選手の体調がすぐれないときもあれば、気力が充実していないこともある。選手の控室に行ったとき、ある選手は、「ゴール直前の瞬発力を高めることが必要であり、そのためにふだんの練習をしているんです」と言っていた。

競輪場で働いている人たちの日給は、最低が百四十円で最高が百九十円とのことであった。不景気だといいながらも競輪の売上げは着実に伸びており、一日の売り上げが一千万円を超えていることもあるという。計算を間違えたりすると自己負担となるというし、競輪は月に六日間しか開催されていないのに、アルバイトの応募者が殺到しているという。

たびたび競輪場の警備にやってきているうちに、ギャンブルにまつわるさまざまな悲劇を耳にするようになった。競輪や競馬に熱中したために田畑を手放したり、閉店を余儀なくされた商店主のいることもわかった。会社の金を使いこんでクビになり、退職金をもらうこともできずに一家が路頭に迷ったり、どれもが悲劇的なものばかりであった。借金を返済するためにギャンブルをしているとか、開催日には何も手がつかないという人もいたが、熱中できるからこそギャンブルがおもしろいのかもしれない。

多くの人をあれほど熱狂させる競輪というのは、一体、どんなものなのだろうか。他のスポーツのようにひいきにしている選手がいるわけではなく、選手がファンの声に応えている様子も見られない。端的にいってしまえば、競輪や競馬でなくてもギャンブルであれば何でもよいのかもしれないが、賭博《とばく》は法律によって禁止されている。

勝負を見ながらいつも考えてしまうのは、実力のある選手がいつも勝っているわけではない、ということだ。実力のある選手がいつも勝利者になっていれば勝負はつまらなくなり、そのためにおもしろくするための番組がつくられているという。

覚せい剤被疑者の押送

道路に倒れてもだえ苦しんでいるヒロポン患者を見たとき、どうしてやめることができないのだろうか、と思ってしまった。その後、覚せい剤取締法や麻薬取締法が施行されたため、いっせい取り締まりに従事したり、被疑者の押送をするようになり、さまざまなことを知ることができた。

覚せい剤や麻薬の密売のルートははっきりしないが、一本のアンプルの製造原価は一円か二円であり、それが十五円か二十円で売られているという。青少年の使用者が増加しており、凶悪な犯罪の原因になっているため、県においては「覚せい剤問題対策推進本部」を設け、警察でも取り締まりの強化に乗り出した。

きょうの新聞に、空気銃とヒロポンのことが載っていた。大人はパチンコや競輪に熱中し、子どもは空気銃をもて遊んでいる、とあった。空気銃の廃止が大きく叫ばれるようになったのは、痛ましい事故が相次いで発生したからである。先日も親子げんかによって父親に重傷を負わせる事件が発生したが、息子が覚せい剤の中毒患者であった。

Fという男は、いままでに何度も覚せい剤取締法違反で逮捕されており、顔見知りの巡査がいたので交番に立ち寄るようになった。きょうはアルコールのにおいをさせており、この時計がおれのものだということを証明してくれないか、と言ってやってきた。

　事情がわからないために断ると、文句を言ってきた。

「どうして証明できないんかね。警察はそんなに冷たいんかね。人が困ったときに助けるのが警察じゃないのかね。証明が出せないというんなら用はないや。乞食野郎にはもう何も頼まないや」

　怒鳴りながらドアを蹴飛ばして出ていったが、これがアルコールのせいなのか覚せい剤の影響なのかわからない。

　午後一時から、覚せい剤取締法の違反者を押送することになった。早めに昼食をとって温度計を見ると三十一度を指していた。防犯課の幹部の指示を受けてから留置場へ行ったが、房から出てきたのはやせ細った若い男であった。

　アメリカ軍から払い下げられたウィーポンキャリアに乗ったのは、二人の被疑者と二人の巡査であった。窃盗の被疑者にはたくさんの余罪があり、逃走のおそれがあったために両手錠が掛けられていた。輸送車に乗り込むやいなや、覚せい剤違反の被疑者に対し、あんたは何でパクられたんだい、と語りかけた。

「現金を盗んだんだが、指紋で割れてしまったんだよ。ところであんたは何で捕まったんたね」

「おれはヤク（覚せい剤）だが、ダチ（仲間）がゲロ（自供）したためパク（逮捕）られてしまったのさ」

「おれなんか、盗みをして女遊びをしたり、ギャンブルなどやっていたよ。ムショ（刑務所）を出てからたったの半年で捕まってしまったのが残念で仕方がないよ」

二人の被疑者がこんな話をしているうちに輸送車が検察庁の裏庭にとまった。護送室に入ると、各署から送られてきた被疑者が四人ほどおり、それぞれが制服の巡査の手錠に繋がれていた。私たちは空いている席に腰かけたが、窓のない部屋は人いきれでむんむんしており、誰もが汗びっしょりになっていた。

私は四十分ほど待たされてから検察官のところへ行った。

「あなたは覚せい剤の所持を認めていないようだが、Nはあなたから譲り受けた、と供述しているんだよ」

「Nがどのように供述したか知らないが、その日におれはM市にいる女のところにいたんですよ」

「いま、その女はどこにいるんかね」

「一カ月前に別れてしまったからわからないね」

被疑者は最後まで否認を続けていたが、検事さんが勾留請求をしたために裁判官の尋問を受けることになった。護送室に戻ったときにはまともに西日を受けて、蒸し風呂のようになっており、略衣も下着もびっしょりになってしまった。このときに両手錠をかけたヤクザ風の男が入ってきて板張りの固い椅子に腰を下ろすと、傲慢な顔つきで辺りを見回し、隣にいた被疑者に話しかけていた。

「おまえさんは、何で捕まったんだい」

ヤクザはイレズミを誇示するかのように半袖のシャツをまくりあげた。刑事や検事さんが取り調べでもするかのように、つぎつぎに話しかけていった。小柄な男が盗みをしたことを話すと、盗みは被害者に迷惑をかけるからやめた方がいい、とお説教じみたことを言っていたが、自分のことは何も話そうとしない。

見ず知らずの間柄だというのに、お互いに手錠で繋がれているというだけで親近感を覚えてしまうらしい。そのことは同郷とか同窓に共通するような心理が働き、わだかまりなく話し合えるのかもしれない。

「今度は女に乱暴して捕まったから、実刑は免れそうもないや。三カ月前にムショを出たばかりなんだよ。食うに困ることはないが、酒は飲めないし、たばこは吸えないし、女を抱くこともできないからいやになっちゃうよ」

若い女性に乱暴したと言っていたが、この男の話にはかなり誇張があるらしかった。警察に捕まった多くの被疑者が反省の言葉を口にするが、日時が経過すると忘れてしまうらしくふたたびやってくる。刑務所がいやなところだと言いながら足を洗うことができないのは、意志が弱いからだろうか、それとも欲望に負けてしまうからだろうか。

こんなことを考えているとき、電話のベルが鳴った。勾留尋問を受けるために隣接する裁判所へ行き、裁判官の勾留尋問ののち十日間の勾留状が発せられた。

ふたたび取り調べられることになるが、被疑者が否認を貫くか、自白するかそれはわからない。やがて起訴されるか、釈放されることになるが、どんなに無実を主張しようとも自分で裁くことはできない。

売春婦と客のトラブル

昼間はひっそりしていた裏通りも、ネオンがともるころになると、お化粧をした女が街頭に立つようになる。客引きの行為は禁止されているし、十八歳に満たない婦女子に客の接待をさせたり、午後十一時以降の営業が禁止されても続けている店があった。私の受け持ち区域内には風俗営業の店が多かったから立入り調査をすることもあれば、巡回連絡をして関係者に接することがあった。

先に成立していた売春防止法が近く施行されることになったため、店の経営者は転職しなければならず、そのことで悩んでいる売春婦もいた。派手に見える売春婦であってもさまざまな悩みを抱えていたり、着のみ着のままの生活を余儀なくされている者もいた。立入り調査に行ったとき経営者は不在であり、前借を抱えている三十二歳になる売春婦から話を聞くことができた。

「私は戦争中から売春をやっていますが、六カ月前から前橋にやってきたのです。布団や家具は借り物ですから、利息がかかってしまうし、客をとっても歩合制になっており、客がとれないと収入がないのに食事代などの支払いが残ってしまうのです。そのために借金がかさんで、どこへも行くことができないんです」

どの売春婦の話も似たようなものであり、さまざまな問題のあることを知った。

今夜も酔っぱらいのトラブルがあったが、午前一時を過ぎると人の通りも少なくなった。ネオンも消えて街も眠りに入ってしまったが、仮眠をとって午前五時から見張りの勤務についていたとき、酔っぱらった男が見えた。

「パンパン屋で現金を盗まれたから、すぐに取り返してくれ」

事実を確かめなければならないが、時間が遅すぎたために被害届を受理して後で捜査することにした。ところが、くずくずしていると金を使われてしまうじゃないか、すぐに取り戻してくれとごねており、せがまれてパンパン屋に出かけていった。

すでに店の明かりは消えており、表の戸を叩いても返事がないため、横手に回って雨戸を叩いた。

「とっくに看板になったんですよ」

「交番の者ですが、こんな時間に起こして申しわけありませんね。おたくに泊まったお客さんから現金を盗まれたという届《とどけ》があってやってきたんです。どのような事情なのかはっきりしないため、話を聞こうと思ったのです」

窓から顔を見せたのは、先日、私服でいたときに私の腕を引っ張った売春婦であった。

「お客さんが盗まれたという財布は、これではないでしょうか」

酔っぱらいはひったくるように財布を取り上げてすぐに中身を調べた。

「二千円足りないから返してくれ」

「私は財布の金には手をつけていませんよ」

客は二千円をとられたと言い、売春婦は財布に手をつけていないといい、言い争いになってしまった。

「財布には五千円が入っていたはずだ。どうして盗んだんだ」

「盗んだなんて人聞きの悪いことを言わないでくださいよ。泊まるというから八百円だけもらっただけですよ」

「泊まったかもしれないが、おれは抱いちゃいねえよ。サービスしてやるからといって無理に引っ張り込み、客からふんだくるなんて詐欺同然じゃないか。財布から抜き取ったのは泥棒になるから、このお巡りさんに捕まえてもらうことにするぞ」

「何言っていてるんだい。大暴れされたから障子や家具をめちゃめちゃにされてしまったんだよ。こっちこそ、損害の賠償をしてもらいたいものだ」

酔っぱらいと売春婦の言い争いを聞いているうちに、おおよその事情がわかってきた。現に、店の中には破壊された箇所があり、売春婦が抜き取った金にはその分も含まれていたらしかった。

「二人の話によると、財布の中身が二千円足りなくなっていることと、店の家具などが壊されているということですが、すぐに結論が出せるような問題ではありません。酔いがさめてから新たに事情を聞きたいと思うんですが」

「酔っぱらっているからおれを信用できないと言うんかね。おれは酔っちゃいねえぞ。どうしてお巡りはパンパン屋の肩を持つんだ」

「どちらに肩を持つわけじゃないが、事実がはっきりしなくては取り調べることができないんだよ。あなたがこの店に泊まるとき、財布の中に五千円が入っていたことが証明できなくては、二千円が盗まれたことだって、はっきりできないじゃないですか」

「それだったら女房が知っているよ。家を出るとき五千円をもらってきたんだ」

「奥さんから話を聞くようになると、あなたがこの店に泊まったこともわかることになりますが、それでも差支えないんですか」

このように言ったとたん、酔っぱらいは急に低姿勢になり、被害の届け出を取り消すと言い出した。家財道具を壊したことについては、店からの申し出によって話し合いをすることになり、一件落着となった。

酔いがさめてきたらしく、交番まで戻る途中、私立探偵をしているとか、おじが警察署長をしているとか、三十四歳になって初めてパンパン屋に行った、という話をしていた。酔っぱらってパンパン屋へ行ったものの、女を抱く前に眠ってしまった、というのが真相のようだった。

アメリカ兵の乱闘事件

前橋市内にアメリカ軍のキャンプがあったし、近くにも駐屯地があった。土曜日の夜は制服の兵隊が多く見られ、兵隊によるトラブルが発生すると、捕虜のときに覚えた英語で対応したこともあった。

「アメリカの兵隊さんが、ママと一緒に寝たいといって帰ろうとせず、何とかしてもらえないでしょうか」

特殊飲食店からこのような電話があった。ただちにA飲食店へ行ったが、そこにいたのは青い目をした背の高い若い男であった。あなたは日本語を話せますか、とゆっくり尋ねると、ノー、ノーと言い、英語で所属や氏名を尋ねると通じた。ジェスチャーを交えながら片言の英語で話すと理解できたらしかった。アメリカ兵が帰り支度を始めたのでホッとさせられたが、これだけのことで三十分以上もかかった。

つぎの土曜日の夜、数人のアメリカ兵が警察官に暴行した事件が発生した。全署員が非常召集されたため本署に急ぐと、当直の幹部から事件の概要が伝えられた。

「午前零時二十分ごろ、市内の中心街で数人のアメリカ兵が通行人に絡んだり、商店のガラス戸を壊すなどの乱暴をし、被害者の届け出によって交番の巡査が急行したところ、酔っぱらったアメリカ兵に拳銃を奪われそうになり、もみ合いになって警察官が暴行を受け、応援に駆けつけた巡査と入り乱れての乱闘となり、警察官五人と市民二人が重軽傷を負わされた。三人を公務執行妨害で逮捕したが、数人が逃走中であり、受傷事故に気をつけて市内を巡視しながら犯人の検挙に努めてもらいたい」

このように指示され、拳銃を所持した数人のグループが街のなかに散っていった。現場付近の捜索をしていると、あっちこっちに乱闘の傷跡が生々しく残っていたが、道路上にいた人の多くは事件の発生を知ってから駆けつけた人たちであった。

私が当番勤務についていたときだったら、真っ先に現場に駆けつけていたに違いない。どうしてアメリカ兵が警察官の拳銃を奪おうとしたのか、なぜ、物干し竿で警察官の頭部を殴って大けがをさせたのか、その原因がはっきりしない。各地で激しい基地反対闘争が起こっているが、それと関連していることはないのだろうか。

捜索しているとき、逃走したアメリカ兵がキャンプ内に逃げ込んだ、という話を聞くことができた。事実を確かめるために幹部がキャンプに出かけて交渉した結果、乱闘にかかわったことが明らかになり、一人の兵士の引き渡しを受けたという。

だんだんと事件の輪郭が明らかになり、最初に事件を知らせてきた商店主から事情を聞くことができた。

「表が騒々しいので出たところ、三人の酔っぱらったアメリカの兵隊がパチンコ店に入って器械を壊していたのです。店から桑町の交番に電話すると、二人のお巡りさんが駆けつけてきて兵隊に何やら話しかけていましたが、このとき別のアメリカ兵がどこからか物干し竿を持ってきてお巡りさんの頭を殴ったのです」

物干し竿で警察官を殴った兵隊は現行犯逮捕されており、商店主の供述の一部とほぼ合致していた。

さらに捜索を続けながら聞き込みをすると、もう一人の目撃者から話を聞くことができた。お巡りさんに追いかけられた白人の兵隊が、S商店の裏庭に逃げ込んでビール瓶を投げるなどの抵抗をしたが、二人のお巡りさんに取り押さえられて連行されたという。

黒人と白人の区別は容易についたが、兵隊の個人の識別となると難しく、逃走中の兵隊を特定することができなかった。

逮捕された四人のアメリカ兵は前橋警察署の留置場に収容された。キャンプの責任者から、通訳もいないし、アメリカ兵の生活様式になじまないから身柄を引き渡してもらいたい、との要望があったが、検察当局では裁判権は日本側にあると主張し、意見の食い違いを見せているという。

前橋市内の中島キャンプには、二百五十人ほどの軍人がいた。外出するときには証明書を必要とするものの、塀を乗り越えて無断外出する者もいるといい、乱闘に加わった兵隊は全員が無断外出していたという。そのことが裁判権が日本側にある、と主張する根拠にもなっているというが、いまだ結末はついていないようだ。

アメリカ兵の犯罪という特殊の事件であったから、捜査したからといってすべて明らかにできるとは限らない。MPがどのような捜査をしたかわからないが、結局、キャンプに逃げ込んだ三人の兵隊は特定できなかったという。

乱闘事件が発生してからMPの警戒も厳しいものになり、警察でも夜間の当直体制を強化した。夜間の外出禁止の措置がとられたため、街からアメリカ兵の姿が見えなくなり、もっとも大きな痛手を被ったのが飲食店街であった。どんなに規制を強化したところで長続きはせず、網の目をくぐるようにしてトラブルが発生していた。

なおも捜査をしていたところ、乱闘事件のあった日の午後九時五十分ごろ、定時制高校へ通っている十五歳の男性がアメリカ兵に殴られていたことがわかった。三人が雑談しながら学校から帰る途中、女を連れた黒人兵にすれ違ったとき、仲間がおもしろいことを言ったので笑ってしまい、笑われたと思った黒人兵が学生を呼び止め、逃げ遅れた一人が捕まって頭を殴られていた。

黒人ということがはっきりしても、特定するのが難しく、女性の人相や服装を手がかりとして捜査がすすめられているという。

相次いでアメリカ兵による暴行事件が発生したため、市民の間から不安を訴える声が聞かれたり、反米感情をあおるような動きが見られた。今度暴れたら叩きのめしてやる、という物騒な意見を吐く者もおり、乱闘事件は大きな反響をもたらしていた。

MPからは、兵隊に乱暴されたというのに、どうして警察官は発砲しなかったんだ、と不思議がる意見も聞かれという。日本人がアメリカ人を理解するのも、アメリカ人が日本人を理解するのも一朝一夕にはいかず、お互いの立場を理解する必要がありそうだ。日本がアメリカの援助がなくては生きていかれないとしても、貧しくても奴隷にはなりたくない、と思っている人は少なくないらしかった。

乱闘事件だって一人のアメリカ兵の誤解によって生まれたらしかったが、そこには優越感はなかったのだろうか。基地に逃げ込めば追われることはない、と考えいた兵隊もいたらしかったし、警察官がしゃべった英語を誤解したということも十分に考えられた。

一連の事件が新聞で報道されると、いままでに隠されていたいくつかの事件が明らかにされてきた。その一つは、アメリカ軍の兵士が大型のトラックの上から学校帰りの小学生の一団に発砲した、というものであった。県教組が調査に乗り出したが、実態を解明することはできず、エンジンの排気の爆発音の可能性が強くなってきた。アメリカ軍のトラックに進路を阻まれたという運転手さんからも届け出があったが、これについても事実を確認することができない。

裁判権が日本側にあるとの主張が受け入れられ、四人のアメリカ兵に対する公務執行妨害、傷害事件の公判が前橋地方裁判所で開かれた。この事件では弁護側から、警察官による目撃証言には偽証の疑いがある、との問題が提起されていた。暗がりの中で犯人を見たというが、どうして兵隊の人相や着衣が特定できたのか、という反論であった。この兵隊に間違いないと証言してくれ、と頼んだ捜査員もいるというから、それが根拠になっていたらしかった。

盗犯捜査強化月間

警察署には月に三回の定期招集があり、署長の訓示や各課長の指示や教練や柔道や剣道などの術科が行なわれた。十一月中が盗犯捜査強化月間になっているため、十月の最終の定期招集はそのことに重点がおかれていた。

最初に署長が黒板に大きな文字で「努力」と書いてから訓示を始めた。

「いままで、おれは誰にも負けまいとして努力をしてきたし、勉強だって人一倍やってきたから同期生の中で出世するのが一番早かった。粘り強くやっていれば誰だって出世することができるし、泥棒を捕まえるのもうまくなるんだ。聖人君子といわれている人たちにしても、才能だけで偉くなったわけではなく、みんな努力をしていると思うんだ。今回の盗犯捜査強化月間にあっても、みんなが力を合わせて取り組めば、どこの警察署にも負けない成績を上げることができるんだ。先日の県下の柔剣道大会で優勝することができたのも、ふだんの努力の積み重ねのたまものなんだ。怠けていたんではおいてけぼりにされてしまうだけでなく、一生巡査で終わることになるんだぞ」

一生巡査で終わってしまうぞ、と言われたときには無性に腹が立ってしまった。一致団結とか、努力という言葉をしばしば口にしていたが、署長の人となりを知ることができた。

ついで捜査課長が「組織捜査」という題で話を始めた。

「いままでの捜査は、刑事のカンによる面が多かったが、これからは組織捜査を大事にしなくてはならない。お互いに協力して捜査をするようにしないと、職業的な犯罪者に立ち遅れてしまうことになる。そのため情報の交換を密にし、自我を捨てて大局的な見地に立って捜査をすることが必要である。一部に点数制度をなくせという意見もあるが、それを廃止してしまうと捜査意欲が減退してしまうため、今回も成績のよい者を表彰することにした。県下の柔剣道大会で優勝したように、来月の月間でも一致協力して他署に負けないようにしようではないか」

一方では組織捜査の重要性を解きながら、もう一方では点数制度が不可欠であると言っていたが、その矛盾には気がつかないようだった。

このとき署長が、警察は一つの組織体であり、各係とも十分に緊密な連絡をとり、警察署の成績を上げるように努力してくれ、と補足説明をした。

防犯課長は「少年警察の推進」と題する話をしたが、少年犯罪を検挙して警察の成績を上げるというものであり、犯罪の予防や補導についてはまったく触れなかった。

交通課長は「交通安全」について話をしたが、慣れているらしくよどみのないものであった。一日は二十四時間しかないんだから有効に使え、と言ったが、これは交通違反の取り締まりに結びつけたものであり、煎じ詰めると、誰の話も検挙成績の向上につながったものとなっていた。

勝つ人がいれば負ける人がおり、誰もが勝利者になれるというものではない。スポーツや公正な試験を競うならともかく、犯人の検挙を競ったらどんなことになるだろうか。十分な証拠がないのに犯人を捕まえようとしたり、ときには自白を強要することになるかもしれない。それだけでなく縄張り根性によって組織が歪められ、かえって犯人を利することになりかねない。

捜査強化月間の検挙者数が係別、交番別に割り当てられたため、非番の日も休むことができそうにない。

昼食の弁当をとるために交番に立ち寄ったところ、万引きを捕まえたとの電話があった。当番の二人の同僚が笑みを浮かべながらGデパートに出かけて行ったが、今月は盗犯捜査強化月間だから点数になると思ったからかもしれない。犯人を捕まえることは警察官の大事な職務であっても、このような状況では素直に喜ぶことはできない。

やがて同僚は若い娘さんを伴って交番に戻ってきたが、無職で二十三歳だという。万引きをするときは、周囲の様子に神経を尖《とが》らせるらしいが、捕まったときの表情はまことに哀れであった。

万引きやスリの被害がどのくらいあるかはっきりしないが、ことによると捕まらない人のほうが多いかもしれない。ある者は盗みをしても捕まらず、ある者はたった一度でご用になるかもしれないが、この娘さんはどんなタイプなのだろうか。同僚が万引きの女性の取り調べを始め、まだあるだろう、と追及していたが、余罪が多ければ多いほど点数が上がるからかもしれない。取り調べることも警察官にとって大事な仕事には違いないが、ふたたび万引きをしないようにさせることも大切なことである。

ギャンブル狂の若者

盗犯捜査強化月間が残り少なくなったとき、留置場も満員の盛況になった。日勤の巡査だけでは押送が間に合わなくなり、非番の日に押送が割り当てられた。下宿に帰るとすぐに仮眠をとり、昼食を済ませてから午後零時三十分に本署に行き、捜査幹部の指示を受けてから留置場へ行った。

房から出てきたのは二十五歳になるラジオの修理工であった。検察庁へ行ったが、検事さんの取り調べまで間があったため、護送室で雑談を始めた。

「どうして盗みをするようになったんですか」

「食えないからさ」

「ラジオの修理の技術があれば、盗みなんかしなくても生活できるんじゃないのかね」

「お巡りさんは、おれのような経験がないからそんなことが言えるんだよ。技術があっただけでは生活することができないんだよ」

「ラジオの修理や組み立てで、立派に生活している者もいるじゃないですか」

「真面目にやっていれば、食うだけはできても、おれは競輪に凝ってしまったんだ」

「それだったら、ギャンブルをやめたらいいじゃないか」

「それができないから困っているんだよ。花火の音が聞こえると仕事が手につかず、会社をクビになってもやめられず、盗みをするほかなかったんだよ」

盗みをして捕まったというのに反省の態度はまったく見られず、ギャンブルがやめられないから盗みもやめられない、ということらしかった。

「どうしたらギャンブルがやめられるか、もっと真剣に考えたらどうですか」

「ギャンブルに凝ったものでなければ、こんな気持ちはわからないよ」

「新しい靴を履いているときには、ちょっとした水たまりでも避けて通ろうとするが、汚れてしまうと、ぬかるみだって平気で歩くようになってしまうものですよ。人間の生き方にだって似たところがあり、ずるずると罪を重ねるようになるんじゃないのかね」

「理屈ではわかっているんだが、どうにもならないんだよ」

「私だってパチンコに凝ったことがあったんだよ。ボーナスをほとんど使ってしまい、このままじゃ身の破滅になると考え、新しい年がやってきたときにやめようと誓ったんだ。パチンコ屋の前を通ってジャラジャラという音を耳にすると、やりたい気持ちとやめようという気持ちが交錯し、いつも綱引きみたいになっていたんだよ。借金をするもいやだったし、あなたみたいに盗みをすることはできないし、こんな状態がしばらく続いたんだよ。やめたいっているんだ」

という気持ちの方が強かったからやめることができたが、やめるのがどれほど難しいかわか

「おれには、そんなことはできないよ」

「大勢の人が競輪や競馬をやっているけれど、みんな真面目に働いてギャンブルを楽しんでいるんじゃないですか。あなたには技術があるから、ギャンブルをやめさえすれば立派に生きていけると思うんだ。自分から、おれは駄目な人間だと考えていては、いつになっても立ち直ることができないじゃないですか」

「おれには母親がいないんだ。母親のいない家庭は冷たくて寂しいんだよ。父親に働きがあればいいんだが、体が弱くて働くことができず、おれは運の悪い男なんだ」

「母親のいない家庭は世の中にはたくさんありますよ。両親がいない子どももいるけれど、その人たちだって立派に生きているじゃないですか。私だって六歳のときに母親を亡くしており、父親に育てられたから母親のいない家庭のことはわかっているつもりです。母親がいないとか、父親が病弱だと嘆く前にどのように生きたらよいか考えたらどうですか。母親がいた方がいいし、父親に働きがあった方がいいかもしれないが、亡くなった者は生き返ってくることができないんです。おれがしっかりしなければ、という気持ちになれば、仕事に張り合いを持つことができるし、能率も上がるんじゃないですか。そうなれば仕事のほうがおもしろくなり、自然とギャンブルをやめることができると思うんだよ」

「やめられるかどうかわからないが、やめることにします」

この被疑者は空き巣に入ったところを訪ねてきた人に見つかっており、余罪があるかどうかはっきりしない。この事件では未遂に終わっており、どのような処分を受けるにしても、ギャンブルから足を洗ってもらいたい、と祈らずにはいられなかった。

非番の日

朝飯とも昼飯ともつかないような食事をし、夕方までぐっすりと眠ってしまった。夕食を済ませてから自転車で街に出かけたが、制服で警らをしている町並みは同じであっても少しばかり趣が異なっていた。映画館の裏通りを歩いていると、酔っぱらいがけんかをしており、様子を見ていると、一人の酔っぱらいが食ってかかってきた。おれは警察官だけれど何を争っていたのですか、と尋ねると、二人とも頭を下げて街のなかに消えていった。

今夜は映画館の向かいにあった喫茶店に立ち寄った。木曜日だというのにかなり混雑しており、奥の席が空いていたので腰を下ろした。物分かりのよさそうな男に話しかけられ、打ち解けてきたので自己紹介すると、おれはお巡りにならなくてよかった、と言い出した。理由を尋ねると、お巡りはみんな横柄だし、威張っているからだという。

「警察官のなかに、あなたのいうような人物がいることは認めますが、すべてのお巡りというのは言い過ぎじゃないですか」

「おれは、三人の刑事に取り囲まれて職務質問を受けたことがあるんだ。悪いことは何もしていないのに、まるで犯人扱いだった。どうしても好きにはなれないね」

すべての刑事がそのようにしているとは思えませんが、と言うと、あなたは警察官だから刑事の肩を持とうとしているんだ、と言い返されてしまった。警察に対する批判はさらに激しくなり、積もり積もっていた鬱憤《うっぷん》を晴らしているみたいであった。

「あなたの話には納得できる部分が少なくありませんが、あなたにも当てはまるところがあるんじゃないですか。あなただって謙虚さや優しさがあるとは思えませんが」

いままでの能弁が影を潜め、口を閉じてしまった。何かを考えているらしかったが、それを口にすることはなかった。やがて立ち上がって会釈をして喫茶店から出て行ったが、どんなことを考えていたか推測するしかなかった。

世の中には警察官を毛嫌いしている者が少なくないが、警察がなくなればいいと思っている者はいないようだ。職務質問にしても交通違反の取り締まりにしても、個々の警察官の取り扱いが異なっている。上司の意見と食い違って悩むことがあるが、公僕に奉仕する気持ちを優先させると解決できることがわかってきた。いままでに何度か警察官を辞めようとしたけれど、このごろは仕事にやりがいを見つけることができるようになった。

喫茶店を出てから映画館の通りを歩いていると、「浮草日記」の看板が目についた。主演女優の笑顔にひかれて入り、小さな劇団で働いている一座のほほえましい姿に接することができた。

十時の門限に間に合うように自転車で急いだが、昼寝をしたせいかすぐに眠ることができない。消灯のタイムスイッチを十二時に合わせて本を読み始めたが、消灯前に眠りについていた。

午前二時三十分ごろ下宿のおばさんに起こされ、強盗事件が発生したため非常召集された。二キロの道程を自転車で急ぐと、非常召集された警察官が続々とやってきて、当直幹部から渡されたガリ版ずりの手配書を手渡された。

事件が発生したのが午前一時五十五分ごろ、場所はS町の社員寮の管理室、被害品は現金一万四千円となっていた。犯人は北側の玄関脇のハメ板をはずし、奥八畳の間に寝いていた管理人の妻をゆり起こし、刃物を突きつけて「五万円出せ」と脅したという。犯人の人相着衣の欄には、身長が一・六五メートル、やせ型、三十五歳ぐらい、黒っぽい服装で黒い覆面をし、職人風となっていた。

私が配置されたのはS橋のたもとの張り込みであり、二時間の間に通行したのは新聞と牛乳の配達員と捜査員だけであった。張り込みが終了したので本署に戻り、朝食に渡された牛乳と食パンを口にしてから前橋駅の張り込みについた。駅の待合室で新聞を拡げて一般の乗客を装い、不審者を見つけると他の者にさとられない職務質問をしていった。発車の時刻が近づいてくると、どやどやと改札口に乗客が殺到し、列車が到着すると、今度は乗客が降りてきた。駅が閑散になってしまうと駅の人たちは掃除を始めたが、張り込みは正午で打ち切られた。

捜査の打ち合わせがなされて担当者から報告されると、いくつもの矛盾が明らかになってきた。手提げ金庫にどれほどの現金が入っていたかはっきりしないし、犯人の人相だって一定しないため、ウソの申告ではないか、という意見まで飛び出した。

交番の巡査は一日だけで外されたため、その後の捜査状況はわからない。もし、虚偽の申告だとしたら強盗犯人はいないことになり、被害の届け出をした奥さんが軽犯罪法違反に問われることになる。たくさんの捜査員が動員されたから解決できるというものでもなく、虚偽の申告であったかどうか、そのことも合わせて捜査せざるを得ないようだ。

無銭飲食の常習者

運送会社の運転手だったSさんは、アルコールを絶つことができず、ついにクビを宣告されてしまった。真面目に働いていれば家族五人の生活は保証されていたが、日給四百円の日雇いをするほかなかった。それでもアルコールをやめることができず、無銭飲食で警察に突き出されていたが金額が少なかったり、身内の者が弁償するなどしていたから数日で釈放されていた。このようなことを繰り返していたから交番の巡査とも顔なじみになり、交番の前を通るときにあいさつをするようになった。

朝早く、リヤカーを引いていくSさんを見かけたので声をかけると、街に出かけて行ってダンボールの空き箱を集めるのだという。ダンボールをリヤカーで古物屋さんに持っていくと百円になると言っており、真面目に働いているものと思った。

「いつも飲んでばかりいるものと思っていたら、真面目に働くこともあるんだね」

「そんなことを言われると困ってしまうが、みんな飲み代になってしまうんですよ」

酒を飲んでいるときのSさんと、素面のときのSさんはまったく別人のようだった。どうしてアルコールを絶つことができないのだろうか、と考えてみたけれど、酒を飲まない私には理解することができなかった。

Sさんはダンボールの空き箱を集めなくなったと思ったら、ガラスを張った箱を手にし、水中を眺めては鉄屑《てつくず》を拾っている姿を目にするようになった。

「今度は、商売替えですか」

「最近、鉄屑が値上がりしており、こちらは朝のうち働いただけで二百円にもなるんだよ。夕方まで働いて百円になるダンボールとは大違いなんですよ」

百円で一合の酒が飲めるときであり、朝から酒を飲みたいというSさんにとっては、こちらの方が都合がよさそうだ。だが、ダンボールの方はいつまでも続けることができても、鉄屑の方はやがてタネが尽きてしまうことになる。

それから数日したとき、A飲食店から無銭飲食をされたとの被害の届け出があった。自転車で急いだところ、そこにいたのは顔なじみのSさんともう一人は初めて見た顔であり、ママさんから、どうして逃げようとしたのですか、と詰問されていた。

「Sさんは、どうして一銭も持たないのに酒を飲んだのですか」

「ここにいるMが、おれがおごるからついてこい、と言ったからなんです」

「Mさんは、本当にそう言ったのですか」

「おれは、そんなことは言っていないよ。おれだってSに誘われたからついて行っただけなんだ」

二人は日雇いをして知り合い、アルコールがやめられないことでは共通しているらしく、飲食店の前でばったりと出会って店に入ったらしかった。計画的であるかどうかはっきりしないが、お互いに酒をおごれる身分でなかったことは明らかであった。

お互いが相手が支払ってくれるものと思っていた、と主張していたため無銭飲食で取り調べるのは難しかった。飲食代金を支払わせる約束をしたところで履行できる可能性は少なかったが、Mさんは、知人から金を借りてくる、と言い残して姿を消した。

それから小一時間したとき本署から電話があった。

「いま、B町のC飲食店から無銭飲食をされたとの届け出があったから、至急、事情を聞いてくれないか」

C飲食店にいたのはSさんとMさんの二人であった。ここでも前回と同じような弁解をしていたが、今回は通用しなかった。

「先ほどは無銭飲食が証明できなかったが、今回はどんな弁解も通らないよ」

「それじゃ仕方がないや。どうにでもしてくれ」

本署から三人の刑事が見え、二人を現行犯逮捕して連れて行ったため、私は被害者から事情を聴取した。

「Sさんには過去に無銭飲食されたことがありましたが、Mという客は初めての客だったのです。その人が、『今夜はおれがおごるから心配しないでどんどん持ってきてくれ』と言ったため、代金をもらえるものと思って酒と肴《さかな》を出したのです。店を閉めるために代金を請求すると、『どこかで財布を落としてしまった。さっき、公衆便所に寄ったからそのとき落としたかもしれず、これから探しにいってくる』と言って逃げようとしたため、あやしいと思って引き止めて警察に電話したのです」

このようにして二人は逮捕されたが、常習とあってはすぐには釈放されないのではないか。釈放されない限り、身柄は検察庁に送られ、やがて起訴されるか釈放されることになるが、無銭飲食の繰り返しとあっては実刑を覚悟しなくてはならなくなる。逮捕されたり、刑務所に入れられれば酒を絶つことはできるが、釈放になったときに酒がやめられるかどうかが問題であった。

インチキ賭博《とばく》の被害者

刑法では、賭博が禁止されているが、なぜか、競輪やパチンコや宝くじなどは認められている。ギャンブルのために身代を失ってしまったり、家庭不和を招いたり、犯罪に走ってしまうケースは少なくないが、どうして足を洗うことができないのだろうか。競輪や競馬にしても四分の一ぐらいが主催者に入るといわれており、儲かることはあっても損をすることが多くなるのは当然のことである。

暴力団が主催するマージャン賭博に参加したため、大金を巻き上げられただけでなく逮捕された知名人もいた。参加するのを取りやめようと思っても、脅されるなどしてやめることができなかったりする。被害者であっても逮捕されることになり、信用と資産を失うことになりかねない。

詐欺の中に『さわ師』という手口の犯罪がある。「被害者と共謀して賭博詐欺をするように装い、相手方となる共犯者と通謀し、賭博名目で金品をだまし取る」というものである。絶対に勝てるという触れ込みであるから、つい、相手の口車にのせられたりする。

さわ師を手口にしている詐欺師は、ギャンブルが好きな金持ちを探すことから始める。競馬場で声をかけることもあれば、クラブなどのホステスから聞き出すこともあり、商売の話をしたり、世間話などをしながら巧みに接触していく。賭博に興味のあることがわかると、必ず勝てる方法があると持ちかけ、相手が乗り気になったときにカモを見つけてくると言って賭博に誘うのである。

今度は、カモを見つけてきたからと言ってふたたび訪れる。

「金持ちのカモが見つかったから、一緒にばくちをやって巻き上げようじゃないか。二人で組めば負けることはないから、今夜、A旅館にきてくれませんか」

「そんなうまい方法があるんなら、絶対に勝てますね」

自分がカモになるとも知らず、客から巻き上げてやろうと考えながら出かけて行った。

詐欺師は仲間であることを悟られないため、初めは仲間から巻き上げて客を喜ばせていた。打ち合せがしてあったとおりに勝つことができたため、被害者はすっかり相手を信用してしまい、勝ったり負けたりの勝負が続いた。熱が入ってきた頃合いをみて、詐欺師たちは被害者からすべてを巻き上げてしまった。

「約束が違うじゃないか。どうしてくれるんだ」

大金を負けてしまった被害者が強く抗議したが、軽くかわされてしまった。

「勝負には運がつきものなんだよ。あすは間違いなく取り返してやるから出かけてきてくれないか」

このように誘われ、翌日も大金をだまし取られるはめになってしまった。

昔から賭博にはインチキが付き物のようにいわれており、どうして被害者は疑わなかったのだろうか。カードが巧みにすり替えられたり、客だと思っていた人がサクラであったり、カモを見つけるためにさまざまな方法が用いられていた。このようなインチキな賭博があることを知っていれば、インチキな賭博の被害にはかからない。

見ず知らずの人に誘われて、どうして大金を賭けるようなことをしてしまうのだろうか。欲が深いためか、勝てると思ったのかわからないが、プロの詐欺師を負かすことはできない。大金をだまされても法に触れる行為をしているため届け出をすることができず、それが詐欺師の付け目になっている。

一夜に大金をだまし取られたため、会社の倒産を余儀なくされた社長さんもいた。世の中に絶対に勝てるギャンブルがあるわけがなく、あるとすればインチキなやり方ということになる。一時は勝って喜ぶことができても、最後に待っているのは悲劇だけであり、どのようにしても取り返すことはできない。

詐欺師たちにとって賭博は囮《おとり》であり、だますことができる人を探すことができるかどうか、それが勝負なのである。詐欺師たちは、どのようにしたら金儲けができるか、そんなことをいつも考えているから、うまい悪知恵が浮かんでくる。

真夜中の裸足《はだし》の女

夜間に入ると酔っぱらいのトラブルがあったが、処理に手間どるものばかりであった。真夜中になると急に気温が下がり、休憩時間になっても体が冷えていたからすぐに眠ることができない。一時間の仮眠で起こされ、居眠りをしながら見張りをしていると、泣きながら交番の前をよぎった女の人影があった。時計の針は二時十分を指しており、外に出て確かめたところ、裸足であったからより気になってしまった。

女はかなり酔っていたらしく、歩くたびに小さな体を左右に揺らしており、つまずいて倒れそうになったりした。なだらかな坂を上ったところで追いついて声をかけたが、振り向こうともしないために女の前に出た。顔面はあまりにも蒼白であり、何か悩み事を抱えているように思われたが、どのような職業の人か見当がつかない。

「もしもし、もしもし」

ふたたび声をかけたが、制服の警察官の姿が目に入ったと思えるのに何の反応も示さない。どこへ行って何をしようとしているのかわからないため、しばらく後をつけて様子を見ることにした。数十メートル行ったところで声をかけたが反応はなく、連絡なしに交番をあけてきたことが気になり、後を追うのをやめようかと思った。女が左折して視野から消えるとまたもや気になり、見失わないようにしながら女の後を追うことにした。

急いで交差点に行ったところ、数十メートル先を歩いている女を見つけ、駆け寄って言葉をかけたが相変わらずノーコメントであった。通せんぼするかのように女の前に立ちふさがると、よろけるようにしながら通り抜けていった。服を引っ張ったり、腕をつかむなどのことをすれば、あるいは立ち止まらせることができたかもしれないが、力づくで質問をする気にはなれなかった。

しゃべることができないのかもしれないし、耳が聞こえないのかもしれない、と思ったりしたが、それを明らかにする術がない。自殺かもしれない、と考えたとき、女の後をつけてきてよかったと思った。

警察官の制服を着ていたとしても、真夜中にいつまでも女の後をつけていればあらぬ疑いをかけられてしまうかもしれない。女を口説いているように見えなくもないし、勤務をさぼっていると思われても仕方のない状況であった。誰にどのように見られようとも、自殺されないように考えていただけであり、いつまでも無言の尾行を続けるほかなかった。

街のなかにある教会の前に行ったとき、女の足がぴたりと止まった。そのことだけで大きな変化であり、女の一挙一動を見落とすまいとじっと見ていると、冷たいアスファルトの道路にひざまずいた。十字架のある建物の方に向き直ったかと思うと、頭を下げて十字を切っていつまでもお祈りをしていた。おもむろに立ち上がり、いま行った道を引き返したとき、祈りを捧げる人は自殺しない、という内容の本を読んだことを思い出した。

これで決着するかと思っていると、女は左折して利根川の方に向かった。自殺でないことを信じて尾行を取り止めようかと思ったとき、自殺するために最後のお別れをしてきたのかもしれない、とも思ってしまった。どんな事情なのか話してくれさえすれば、いつでも引き下がることができたが、このときになっても一言も発しない。

女の後を付け始めてから三十分以上が経過しており、交番を留守にしてきたことがますます気になってきた。

「どこまで行くんですか」

「群馬大橋です」

言葉を発したのはこのときが初めてであり、その後の問いかけは無視されてしまった。何のために群馬大橋に行くのか見当がつかず、女と並ぶように歩きながら言葉をかけたが返事がなかった。

橋の上まで行くと川の上を渡ってくる冷たい風が、オーバーの上から刺すように肌に伝わり、徐々に体温が奪われていった。飛び込まれるのを防ぐため、女が立ち止まると私も止まり、女が歩くと私も歩いて至近距離を保っていた。

橋の中央までやってきたとき、欄干にもたれながら川面を眺め始めたので近くに寄って身構えた。自殺しようとしていることがはっきりすれば、保護に着手することも可能だが、何をしようとしているのか、いまだわからない。欄干から離れたのでホッとさせられたが、今度はアーチを背にしてしゃがみ込み、何かを考えているらしかった。

「寒くはないですか」

「すみません」

返事を期待していたわけではないが、この一言で何となく救われた気になった。

女はぽつりぽつりと身の上話を始めたが、話しているうちに元気を取り戻したらしく、表情に生気が見られるようになった。群馬大橋が思い出の場所であり、恋人と語り合った場所であったが、恋に破れてやけ酒を飲み、憂さを晴らすためにやってきたという。自殺することを考え、教会の前で十字を切って神に別れを告げ、欄干にもたれていたときに自殺しようと思った、とも言っていた。私がいなかったら自殺していたかもしれないと言っていたから、尾行が無駄でなかったことになる。

恋に破れた人の気持ちは、失恋の悩みや苦しみを味わった者にしかわからないかもしれないが、私は何度も相槌《あいづち》を打ったり、慰めの言葉をかけたり、意見を述べたりした。女は別人のようにしゃべるようになったが、しゃべることによって悩みを発散させているようだった。

「遅くなってきたし、寒いから帰ることにしませんか」

一刻も早く交番に戻りたかったし、寒さに耐え難くなってきたので話しかけると、女はゆっくりと立ち上がった。街の方に向かって歩いているときにさまざまな話をしたため、だんだんと女の気持ちが理解できるようになった。

「生活が苦しくなったり、生きることに絶望して自殺する人がいますが、それに打ち勝って生きている人もたくさんいるんです。恋は破れない方がいいし、楽な生活を望んでいる人もいますが、望みどおりにいかないこともあるんです。いろいろのことを経験することによって人はより美しくなり、よりたくましくなると思うんです」

女はすっかりと酔いからさめてしまい、寒さに震えていたのに、そのことを口にすることはなかった。人の姿は見られない静かな暗い街を話しながら歩いているうち、いつの間にか交番の前まできた。

「一つ一つの苦しみを乗り越えてこそ、そこに生きる喜びを見つけることができるんじゃないでしょうか」

別れぎわにそう言ったが、それは私自身に言い聞かせている言葉でもあった。

「ありがとうございました」

女は丁寧に一礼してからネオンが消えている飲食店街に姿を消した。

年末年始の特別警戒

師走《しわす》の語源はわからなくても、この言葉が聞かれると何となくそわそわしてしまう。ことしは元旦に強盗事件が発生したし、刑法犯や人身売買や交通事故が激増しているといわれている。家庭電化製品が普及しはじめ、洗濯機、冷蔵庫、テレビが三種の神器といわれているが、給料が一万円足らずとあっては手が届かない。

街にはお正月用品や贈答品が並べられ、歳末大売り出しの看板を立てて、衣料品などの半額セールをしている店もあった。ところが食料品となると、数の子は昨年の四倍にはね上がっており、他の食品も軒並み値上がりをしている。贈答品としてはメリヤスやコットンやラクダのシャツがあり、もっとも人気のあったのが三千円前後の商品であった。大衆的なものとしてはナイロン靴下、タオル、石けんなどのセットがあり、二百円から五百円程度のものが主流であり、商品券は千円のものがもっとも売れているという。

流行の面でも大きく様変わりをしており、きのうの流行が今日は通用しない、とさえいわれている。髪型、衣服、持ち物だけでなく、マンボスタイルなど突飛とも思える服装で練り歩く若者がいたり、細くなったズボンを履く娘さんの姿も見られるようになった。町や村でもスクーターやバイクが走り回るようになり、安眠を妨害されたとなげく声が聞かれたり、ノイローゼや自殺者が多くなっているのが最近の特徴だという。

このごろ、街の中に「輸血会員募集」という張り紙が目につくようになった。生死をさまよう病人や出血多量のけが人が助かったという話を聞いていたから歓迎すべきことかもしれないが、私が知っている実態はあまり芳しいものではなかった。百CCの血を六百円で売ることができるから、日雇いの日当以上の収入になるが、供血は毎日はできない。二カ月に五百CC以内なら害はないと宣伝しているが、血を売り過ぎて病院に運ばれた人もいた。栄養を摂らなければならないのに、手にした金をパチンコや競輪などのギャンブルに費やし、青少年の健全なる心をむしばんでいる姿も見られた。

十二月一日から年末年始の特別警戒が始まっており、交番の巡査は休みなしの勤務を余儀なくされた。

十五日が今年最後の定期招集日であり、朝の九時から午後三時まで盛りだくさんの行事があった。この日は午後九時三十分に本署に集合し、必要な指示を受けてから警戒に従事したが、勤務時間は午後十時から午前五時までであった。

午前零時から比利根橋で同僚と張り込みをしたが、飲食店で働いていた人たちが通りすぎると通行人が途絶えてしまった。張り込みの終了時間が近づいてきた午前三時前、街の方から自転車でやってくる人影が見えたので身構えた。自転車の荷台に大きな荷物が積んであり、目の前に近づいてきたときに飛び出して立ちふさがった。

「自転車の荷物は何ですか」

「作業服です」

中年の男が荷を開いて十数着の作業衣を取り出し、勤め先の倉庫から盗んできたものだという。給料が遅配になっており、その穴埋めのために仲間と二人でやったと素直に自供した。本署に報告して事件の処理を刑事にまかせたが、すべての捜査が終了したときにはすっかり明るくなっていた。

大みそかにも大勢の警察官が動員され、午後十二時まで夜警に従事した。

私は元日が当番勤務になっていたが、静かだった街も十時ごろになると店が開き、美しく着飾った娘さんや新しい洋服の若者が見えるようになった。休憩の時間に「売春」と題する本を読んだが、とくに興味があったのが警察と特殊飲食店の関係について書かれた部分であった。

夜になると人通りは極端に少なく、いつもは賑やかな飲食店街もひっそりしており、公園には人の姿がなかった。一時間の警らを終えて交番に戻ったが、その間に一人も会うことはなく、事件や事故の届け出は一件もなかった。

二日は新聞の休刊日であり、牛乳配達の人の姿も見られなかった。初売り出しや初荷の準備に精を出している人たちがおり、あっちこっちの商店で福袋を出していたため、寒い中で行列がつくられていた。どんな商品が入っているか、安いかどうかもわからないのにどうして人気があるのだろうか。

朝の九時過ぎに勤務を交替した。勤務日誌を提出してから下宿に戻って食事をし、午後一時から競輪場の警備についた。睡眠不足や年末警戒の疲れが重なっていたから体はくたくたに疲れていたが、三日は休むことができた。

スリ被疑者の否認

四日は官庁の仕事始めであり、当番勤務になっていたが、午後一時に現行犯逮捕されていたスリ犯人を押送することになった。早めに昼食をとって本署に行って当直幹部から指示を受けたが、被疑者は犯行を否認しており、前科があって逃走の恐れがあるという。アメリカ軍から払い下げられたウィーポンキャリアに乗せられ、一時少し前に検察庁に着いたが、当直員がいただけであった。

被疑者は犯行を否認していたが、被害者や目撃者に現行犯逮捕されており、疑いの余地はなさそうだった。被疑者が否認していると、犯罪を犯しているのに罪を認めない、ととらえられてしまうことが多いが、実際に犯罪を犯していないことだってある。スリをしなかったとウソをついていれば、反省していないと見られるし、スリをしていなければ誤認逮捕ということになる。

正月から犯罪を犯す人は少ないらしく、いつもは混雑している護送室はスリの被疑者だけであった。しばらく待っていると電話があり、検事さんの取り調べが始まったが、徹底して否認としていたから取り調べは厳しかった。

「被害者のズボンのポケットに手を入れたのは間違いないいんだな」

「手は入れていないし、金も盗んではいませんよ」

現場を取り押さえられており、争いの余地はないものと思われていたが、平行線をたどっていたから取り調べはすすまない。スリの被疑者には前科があり、住所が不定のために勾留請求がなされることになり、私は被疑者を連れて裁判所へ行った。

裁判所の護送室で待っているとき、どうして否認しているのか被疑者に理由を尋ねたりした。

「いつごろから、スリの商売をするようになったのですか」

「スリの商売と言われたんじゃ参ってしまうな。かれこれ十年になりますね」

「否認しているけれど、スリをしたことを認めないということですか。それとも、スリをしていないということですか」

「おれは、スリをしなかったと言い続けているんですよ。いまさら認めることはできないじゃないか」

「どんなに否認しようとも、どんなウソをつこうとも、行なわれたことは取り消すことができないんだよ。あなたがウソを言っているかどうかわからないが、スリの現行犯人として逮捕されていることは間違いのないことなんです」

「そう言われてしまうと、ウソがつけなくなってしまうよ」

「では、どうして否認をするんですか」

「認めてしまえば刑務所へ入れられてしまうし、否認していれば起訴されないこともあるし、起訴されても無罪を勝ち取ることもできるんだよ。現金を手にしていれば弁解の余地はないが、今回は何も取っていないから否認しているんだよ」

書記官が見えて被疑者を裁判官のところへ連れて行き、十日間の勾留状が発せられた。

その後、どのように取り調べられるかわからないが、否認していると罪が重くなるのを知っており、やがて認めるようになるかもしれない。

芸術か、公然わいせつか

管内に仮設の劇場がつくられてストリップが行なわれ、大勢の人の関心を集めていた。防犯課では違反になるかどうか目を光らせており、交番の巡査にも巡回をして取り締まるように指示してきた。私服で見回りをしてきた同僚は、あの程度だったら犯罪にならないのではないか、と言っており、警らに出かけようとしたとき防犯課から電話があった。

「いま、ストリップを見てきたという町の有志から、あれはひどすぎるから取り締まってくれないか、という申し出があったからすぐに調べてくれ」

防犯課では大目に見てきたらしかったが、有志だという人の話を無視することはできずに指示してきたらしかった。私だって芸術かわいせつか判断できるわけではなかったが、私服に着替えてストリップ劇場に出かけて行った。警察手帳を示して入場するか、料金を支払って入場するか迷ってしまったが、わずかの時間のために料金を支払う気にはなれず、警察手帳を示して入場すると開演中であった。すべてのショーが終了するまで二時間ほどかかるため、三十分ほどで切り上げてしまったが、芸術性があるとは思えなかった。もっとひどい部分があるかもしれないが、犯罪に問えるかどうかはわからない。

防犯課では私の報告に納得できなかったらしく、改めて調査することにしたという。わいせつか芸術か、それは見る人によって異なってしまい、防犯課で調査して出された結論は、公然わいせつとして取り調べるのは無理とのことであった。

犯罪になるかどうかの判断は、社会通念に照らしてということになるらしいが、それだって簡単に決められることではない。

このようにして二週間にわたったストリップが終了したが、大きなトラブルはなく、犯罪として検挙することもできなかった。


ストリップやわいせつを好む人たちが少なくないらしく、秘密の映画会が開かれている、との情報を入手した。ストリップショーが行なわれている疑いはあったが、秘密の組織は大きなものではなく、実態を解明することはできなかった。ところが、暴力団がかかわっている秘密の映画会があるとの情報があり、防犯課で内偵をしたところ、旅館の二階が使われているらしいことがわかった。映画会という名目になっているが、エロチックなショーが行なわれている疑いが濃厚になってきたため取り締まることになった。

定期招集の予定が変更になり、たくさんの私服の警察官が動員されていっせいに実施された。二階の三つの部屋の障子が取り払われて大広間になり、そこに数十人の客が十六ミリから映し出されていた映画に見入っていた。その合間に二人のストリッパーによって実演がなされていたが、それは陰部に筆をくわえてエロチックな絵を描くというものであった。経営者と二人のストリッパーが任意同行を求められ、われわれは数十人のお客さんから事情を聴取することになった。

事情を聴取してはっきりしたのは、会員のなかには仮設のストリップ劇場に出かけていた人が何人もいた。暴力団員から会員になるようにすすめられ、断わるといやがらせをさせられて入会した者もいた。顔見知りの町内の有力者も見えていたし、驚いたことに痴話げんかをしていた社長さんの姿もあった。

私が事情を聴取したのはPTAの会長さんであったが、ふだん、どんな発言をしているか気になった。千円の会費で酒と肴《さかな》がつき、エロショーが見られると誘われていた者もいたし、ばつが悪いような顔をしながら、女房には話さないようにしてください、とお願いする商店主もいた。エロショーが犯罪になるかどうかはっきりしないが、総じて後ろめたさを感じている人が多いようだった。

この事件では、暴力団幹部である経営者と二人のストリッパーが逮捕され、参考人として多数の人が事情を聴取された。エロショーの証明は難しいとされているが、フィルムは押収されていたし、観客はたくさんいたから立証ができるのではないか。

警察では四十八時間以内に身柄を検察庁に送り、検察庁では勾留の請求をするか、起訴するか、釈放しなくてはならない。起訴されれば、わいせつになるかどうか争われることになるが、これだって社会通念に照らして、ということになるのかもしれない。

雪の夜の警ら

朝礼のとき外勤幹部から、「義務を果たしていないのに、権利ばかり主張している巡査がいるが、そんなやつに限って犯人を捕まえない月給泥棒《どろぼう》みたいなもんだ」というきついお達しがあった。私のことを言われているみたいな気がしたが、犯人を捕まえるよりも予防の方が大切ではないか、と心のなかでひそかに反発していた。

同僚が犯罪現場から戻ってきたとき、警らの時間がわずかに残っていた。このとき外勤幹部が巡視にやってきた。警らに出かけていないことを指摘し、同僚が弁解したが受け入れようとしないため、しぶしぶと出かけて行った。この幹部は融通が効かないことで有名であり、ポケットからたばこを取り出して口にくわえて私にも注意してきた。吸い殻をぽいっと路上に投げ捨てたため、当てつけのようにちり取りで吸い殻を拾ったが、そのことには何の反応を示すことがなかった。

どんよりとした空からちらちらと雪が舞い始め、夕刻になると地面は真っ白に埋めつくされるようになった。買い物帰りの人たちの急ぐ姿が見られるようになると、通勤者も道を急ぐようになり、勤め人が帰ったころには積雪量がかなり多くなっていた。夜間には人の通りもまばらになり、くっきりとついた足跡がいつまで消えなくなっていた。

雪の日には、泥棒が動きにくいといわれている。同僚が、こんなに雪が降ったんじゃ幹部も巡視にはやってこないし、事件だって起きないから警らを中止にするか、と言い出した。私の警らの時間になったときには十数センチの積雪になっており、自転車を乗ることができずに徒歩で出かけた。

飲食店街に行ったときにも酔っぱらいを見かけることはできず、ほとんどの店が戸を閉ざしており、人の姿は見られなかった。新雪の上には私が歩いた足跡を残すのみになっており、一歩一歩踏みしめる音だけが聞こえ、警ら函《かん》が置かれていた公園に向かった。人の姿が見られない真っ白な道路を一人占めするように歩き、公園の片隅にあった警ら函の用紙の時間の欄に押印してから公園を巡った。

銅像はすっぽりと雪をかぶっており、樹木も雪の化粧をしていただけでなく、街灯がないのに昼間のように明るさを感じてしまった。いつも聞こえてくる利根川の流れも雪に吸い込まれたのか聞こえてこないし、すべての生物が眠っているかのようにどこからも音が聞こえてこなかった。

以前、砂漠の旅をした作家の文章を読んだことがあったが、そのときの情景にどこか似ているのではないか、と思ってしまった。

いつまでも立ち去り難くなり、制服制帽のまま雪の上に寝そべって天を仰ぐと、雪の粒が目に入って心地良く溶け、顔もしっとりと濡れてきた。何の音も聞こえず、動いているのは舞い落ちる雪の粒だけであり、雪のなかに身を沈めてしばし瞑想にふけり、ゆっくりと立ち上がると、雪の上に私の凹んだ像ができていた。

住宅街の警らをしていたとき、酔っぱらった男が道路の傍に倒れていた。近寄って声をかけると、うるせえなと怒鳴られてしまい、住所や名前などを尋ねると目を開き、何だポリ公か、と言った。こんなところで寝ていると、凍え死んでしまいますよ、と言うと、「おい、いま、何と言った。おれを殺す気か」と反発してきた。

どのように話しかけても名前も住所も言わず、警察官の悪口を言うのみであった。放り出してしまいたい気にさせられたが、雪の中をひっくり返りながら交番まで連れてくると、大きな声を出したため同僚が起きてきた。どこかで見たような気がするんだが、と言うと、その節はすいませんでした、と言った。

家まで送っていったが、酔っぱらいが倒れていたのは家の近くであり、顔を見せた奥さんは、われわれには何のあいさつもせず、亭主を口汚くののしっていた。

公務執行妨害か、保護か

交番の受け持ち区域内には飲食店街があったため、酔っぱらいのトラブルが多かった。強く出るとおとなしくなったり、静かに対応すると付け上がる者がいるが、その逆のこともあるから対応が難しかった。

きょうも昼ごろ、酔っぱらいが暴れているとの連絡があった。一人で現場に駆けつけると、大勢の通行人が遠巻きにしており、図体の大きな若者が電話工事中の作業員や通行人にいやがらせをしていた。警察官職務執行法による保護に該当すると思われたため、ただちに保護に着手することにした。

交番までの任意同行を求めると、拒否の姿勢を示した。実力行使するほかなかったが、パンツ一つであったからつかみ所がない。右腕をつかんだがすぐに抜かれてしまったが、相手の力が勝っていたから容易に取り押さえることができない。渾身《こんしん》の力を振り絞って取り押さえようとしたとき、二人とも路上に倒れてしまい、制服のボタンがもぎ取られて、すねにすり傷を負ってしまった。

連絡を受けて本署から二人の刑事がやってきた。酔っぱらいとは顔見知りらしく、刑事の顔を見たとたんおとなしくなった。今後は絶対にしませんから勘弁してください、と平身低頭しており、いままでの元気さがウソのように思えてしまった。

制服のお巡りさんにけがをさせたんじゃ、絶対に勘弁することはできないや、と言われるとふて腐れた。主役の座を奪われホッとすると同時に、あっけに取られながら成り行きを見守ると、刑事にうながされて交番までやってきた。

迎えの自動車がくるまで、刑事のお説教が続いた。

「おまえは泥棒をしたり、けんかをしたり、酔っぱらえば公務執行妨害じゃないか。いままで何度もめんどうを見てきたが、しばらく刑務所で涼んでくるんだな。心から反省しているならともかく、いくら土下座をしたからといってお前のウソにはあきれているんだ。今度は交番のお巡りさんにけがをさせているし、制服のボタンをもぎ取っているんだから絶対に勘弁するわけにはいかねぇよ」

刑事にお説教されると、ふたたびふて腐れた。

「どうせおれは前科者なんだ。刑務所へでもどこへでもやってくれ。おれはもう、警察には協力しないぞ」

酔っぱらいは最後の抵抗を示すかのように虚勢を張っていた。

保護なら二十四時間以内で釈放されるが、公務執行妨害ともなると実刑ということも十分に考えられた。いくら酔っぱらっていたとはいえ、警察官の職務を妨害したことは明らかであり、刑事は逮捕したものと思ったし、酔っぱらいも覚悟していたらしかった。

警察官の公務執行妨害は、取り扱いの不適切からくることが少なくない。現に、刑事が見えるとおとなしくなったではないか。酔っぱらいが通行人に絡んだ行為はよくないが、それだけだったら保護で済むことであった。酔っぱらいが刑事に好感を持っていないことは明らかであり、私は一つのテストを思いついた。

本署に到着すると、酔っぱらいは顔見知りの刑事に対して最後の哀れみを乞うかのように土下座をしていた。先ほどの元気さはどこにも見られず、哀れさを覚えたため、逮捕ではなく保護の手続きをとることにした。

当直の責任者が逮捕手続書の作成を求めてきたとき、逮捕ではなく保護の取り扱いにしたいと思います、と言うと、酔っぱらいの表情は急に明るいものとなった。たとえ反省していたとしても、酒がやめられない限りこのようなことが起こるかもしれないが、私は万が一に賭けたのだ。

巡査をだましていた男

このごろ、スクーターが街の中を走るようになったが、どのくらいの値段がするのか知らなかった。ところが管内で開業をしている医師から、スクーターが盗まれたとの届け出があり、被害額が十六万五千円であることを知った。実況見分をして被害書類を作成し、近所の聞き込みをしてから交番に戻り、管内の各交番に手配した。

警らに出かけて被害のスクーターの発見に努め、一巡して交番に戻ったとき、スクーターが道路上に放置されているのが発見された、との連絡があった。被害者によって確認され、仮還付の手続きによって返されると、これで往診ができます、と喜んでいた。

午後五時から交番の前で立番をしていると、勤め帰りの人の通行が多くなり、買い物の主婦が見られるようになった。決まった時刻に交番の前を通る人もいたが、その人たちの顔は覚えていても、どこの誰かわからない。

表の通りを眺めていたとき、交番の前を通り過ぎようとした若い男が、頭を下げながら近づいてきた。

「N県まで帰るのですが、金をなくして旅費がないのです。帰ったらすぐに送金しますから少しばかり貸していただけませんか」

いったんは交番の前を通り過ぎようとし、引っ返してきたときの仕種《しぐさ》に不審を抱いた。男の話をすぐに信ずることができなかったため、いろいろと質問することにした。

「どのぐらい必要なんですか」

「五百円あれば十分に間に合います」

ウソを言っているとは思えなかったが、それでも信ずることができなかった。

「何か、身分を証明できるものは持っていませんか」

「証明書はありませんが、就職しようと思って書いた履歴書を持っています。働こうと思っているんですが、執行猶予中の身であり、働き口を見つけることができないんです。悪いことは凝り凝りですし、これからN県に帰って真面目に働こうと思っています」

「どこから前橋にやってきたんですか」

「東京からです」

「東京からN県に帰るというのに、どうして前橋にやってきたのですか」

「前橋の友達から借りようと思ったのですが、留守で借りることができなかったのです」

「金をなくしたというが、ここまでの運賃はあったのですか」

「切符を買ってから金をなくしてしまったんです」

質問にはすらすらと答えていたが、切符を買ってから金をなくしたという説明に疑問が生じた。それだけでなく、見せてもらった履歴書はよれよれになっており、頻繁に利用されているらしかった。

真偽を確かめることができないため、さらに質問を続けた。

「ちょっと、財布を見せてくれませんか」

胸のポケットに手をやろうとしてすぐに引っ込めた。

「財布はなくしてしまい、持っていないんです」

「上着のポケットが膨らんでいますが、何が入っているのか見せてくれませんか」

「見せようと見せまいと、それはおれの自由じゃないか」

「確かにそうだが、あなたの言っていることがウソか本当か、それによってはっきりすると思うんです。あなたのポケットに財布が入っていたら、あなたの話はウソになりますし、本当に財布がなかったら貸してあげますよ」

「ウソを言って悪かったから謝ります」

他の交番でも五百円をだまされた巡査がいることがわかると、刑務所に行ってしまうと病弱な父親の面倒を看る人がいなくなってしまうんです、と泣き言を言い出した。

借りた金を返せば罪に問われないと思っているらしく、金を返すから勘弁してください、とさかんに被害者の交番の巡査に謝っていた。口の達者な者は口先でおぼれるというが、すんでのところで私もだまされるところであった。

春休みの街頭補導

交番の巡査は街頭補導もしなければならないが、誰にも適切にできるものではない。新米巡査は経験が少ないだけでなく、未成年者もいたから同じ年頃の非行少年の補導をしなければならない。未成年者がたばこを吸ったり、酒を飲んでいれば補導することができるが、それだって簡単なことではない。補導の仕方によって反発を招くこともあり、どのようにすれば効果があがるか考える必要があった。私は巡査になってから九年が経過しており、さまざまな経験をしてきたから補導のやり方にも慣れていた。

桜の花の咲く季節になり学生が卒業をしたり、新入生が入学したため、毎日のように街頭補導が実施されていた。私と同僚は土曜日に割り当てられ、私服になって公園を巡ったが、午前中のためか人の姿はまばらであった。

サーカスが始まっていたので巡ると、どれも驚くばかりの芸当をしており、難しいと思われるものでも簡単にこなしていた。ライオンも虎もヒョウもみんな調教師のなすがままに動いており、大きな玉の中を二台のオートバイが交差するように走り回っていたのには、びっくりさせられた。

サーカスを見てからふたたび公園に行ったが、朝のうちは桜の蕾《つぼみ》も小さかったが膨らんできていた。街の中を歩いて繁華街に出てからパチンコ店を巡り、映画館に行ったときに従業員が見えた。

「男子用のトイレがいつもふさがっており、お客さんから苦情があるんです。いまも誰か入っているようです」

従業員の案内で男子用のトイレに行くと、カギが掛かっていて開けることができない。誰か入っていますか、と声をかけたが返事がない。警察の者ですが、開けてもらえないとこじ開けることにしますが、と言うと、中から若い男が顔をのぞかせた。

「急に腹が痛くなり、下痢をしたためにトイレに駆け込んだのです」

「それだったら、ノックをしたときに返事ができると思うんです。話を聴きたいから事務所まできていただけませんか」

事務所にやってきてからも男は腹を押さえていた。ポケットからしぶしぶと取り出しのは七つ道具であり、若者を連れて男子用のトイレを調べると、女子用のトイレとの間の板壁に小さな穴が開けられていた。あっちこっちの映画館でも同じようなことをしていたことを認めたため、始末書を書いてもらって本署に報告することにした。

夕食を済ませてから夜の街に出かけて、繁華街を一巡してから公園に行くと、備えつけられていたテレビの前に人だかりがしていた。プロレスが中継されていたが、その近くでは数人の若い男女が何やら熱心に討論をしており、中継を見入っている人たちとの違いを見せていた。

暗がりにいくと人の動く気配がしたので懐中電灯を照らすと、若い男女が離れ離れになろうとした。男は十八歳の大学生と言い、女は二十二歳になる農家と娘と言っていたが、三時間ほど前に映画館で知り合って公園にやってきたため、お互いに住所も名前もわからないという。どんなつもりで公園にやってきたかわからないが、真面目な付き合いだと言われては補導の対象にすることもできない。いろいろとお説教じみた話をしてしまったが、二人がどのように受け止めたか想像するほかなかった。

たばこを吸っている若い二人を発見し、年齢を尋ねると二十歳を過ぎていた。身分証明書を持っていないので生年月日を尋ねると、明らかに満二十歳に達していた。持ち物を見せてもらい、ふたたび生年月日を尋ねると、前回とは異なっていたためウソを言っていたことがはっきりした。

「未成年者の喫煙は法律で禁止されているし、ウソをつくことも悪いことなんだよ」

このように注意すると、男は黙ったまま頭を下げたが、すべて一律に取り扱うことはできなかった。

口頭で注意すればその場で済んでしまうことが、注意の仕方によって大きな影響を与えることもある。書面で報告すると保護者や学校に通知されることにもなり、メンツにこだわっている人たちに補導されると逆効果になることもある。

遺書を持った自殺者

桜の花が満開になっていた日曜日であり、公園の広場では早々とゴザやムシロを敷いて酒を酌み交わしているグループがあった。家族連れで川原を散策する姿も見られたし、私も警らを兼ねながら桜の花見をすることができた。

午後八時からの警らに出かけ、どぶ川の端の道路で酔っぱらいらしい男が寝そべっていた。呼び起こしたが大きないびきをかいており、交通の支障のない場所に移動させて警らを続けた。飲食店街に行くと酔っぱらいが言い争っていたので仲裁に入り、公園では桜の木の下でたくさんのグループが宴会をしていた。

一時間の警らを終えて交番に戻ったが、どぶ川の端の酔っぱらいが気になって様子を見にいった。相変わらずいびきをかいており、大きな声をかけても揺すってもまったく反応がなく、酔っぱらいにしては変だと思った。

上着にはネームは入っておらず、服やズボンのポケットを探したが、身元を明らかにできるものは何一つない。財布にあったのはばら銭だけであり、上着の内ポケットから紙片が見つかったが遺書らしかった。

すぐに本署に報告し、当直の防犯課員が運転してきた自動三輪車に乗せて日赤病院まで運んだ。

夜間の救急患者というのですぐに当直の医師の診察が始まり、症状からして服毒自殺の疑いが濃厚になってきた。早速、胃洗浄をすることになったが、産婦人科の医師はあまり慣れていないらしく、ベテランの看護婦さんが手際よく準備を始めた。目の前の患者さんの口からゴムホースが差し込まれたが、痛がるとか苦しむなどの表情はまったく見られない。ゴムホースの先に取りつけられたジョーゴから水が流し込まれ、つぎ込まれるとふたたびゴムホースから体外に排出され、このようなことがしばらく繰り返された。

助かることを祈りながら眺めていると、担当の医師から、発見がもう少し遅れていたら取り返しがつかないことになっていたかもしれませんね、と言われた。危機を脱したことを知って、ホッと安堵《あんど》の胸をなでおろすことができたが、命を失っていたら私だって責任を負わなければならなかった。

桜の花見の季節であり、初めから酔っぱらいと決めつけていたことが間違いの元であり、複雑な気持ちを抱きながら医師の話に耳を傾けた。

薄暗い病院の待合室のベンチに腰をおろし、婚約したけれど、いまだギャンブルをやめることができず、将来に不安を覚えるだけであり、自殺の道を選ぶことにしました、という遺書に目をやっていた。

このとき病院の職員から患者さんの住所や名前を尋ねられたため、遺書のあて名が女性の名前になっていたことを話すと、病院に同姓同名の看護婦がいるという。

いまだ意識が戻らなかったが、すべての処置が終了して一般の病棟に移されたため、交番に戻って通常の勤務についた。

仮眠をとっていたときに日赤病院から電話があった。

「ただいま患者さんの意識が回復し、患者さんが持っていた遺書のあて名は、私どもの病院に勤務している看護婦とわかりました」

事情がはっきりしたので私は報告書を作成することができたが、ギャンブルで身を崩す人が少なくないことを知った。それにしても、自殺を覚悟できるような人がどうしてギャンブルをやめることができないのか、という疑問が生じた。

自殺しようとした男は、恋人が勤務する病院でどんなことを考え、これからどのように生きようとするのだろうか。自殺に失敗した人は二度と自殺を試みないという話を聞いたことがあるが、この男もそうあって欲しいものである。

万年筆売りの露店商

警らをしていると、毛布や万年筆などを売っている露天商を見かけたが、販売のやり方について詳しくは知らなかった。暖かい日の日曜日の午後、街のなかは買い物客などで賑わっており、昼下がりに交番で勤務していたとき、中年の主婦がもじもじしながらやってきた。

「お巡りさん、申しわけないんですが、百円ほど貸していただけないでしょうか」

「貸してあげてもいいが、何か困っていることがあるようですね」

「街で買い物を済ませて映画館の通りに出たところ、たくさんの人だかりがしていたのでのぞいたのです。万年筆を売っており、それを買うと金の腕時計が当たるクジになっており、何人も当てていったのです。万年筆はいらなかったのですが、金の腕時計が欲しかったので前に出ると、露店商に声をかけられて万年筆を買ってクジを引いたのです。外れたのでやめようとしたところ、『一万円以上もする金の時計や指輪を一本だけで当てようとしたって無理ですよ』と言われたのです。このとき通行人がやってきて万年筆を買い、『おれにもクジを引かせてくれないか』と言って金の指輪を当てたのです。それを見て、ふたたび当ててみたい気になって万年筆を買ったが、このときも外れてしまい、金がなくなるまで万年筆を買ってしまったのです」

このように言ったため、「露店商には仲間のサクラがおり、お客さんのような格好をして万年筆を買い、その者にはクジが当たるような仕掛けになっているんですよ」と話した。

女性から事情を聞いたものの、それが犯罪になるのか、なるとすればどんな罪になるのかわからない。本署に問い合わせると、「道路使用許可を受けていなければ交通の違反になるし、だましていれば詐欺になるが、それは捜査しなければわからないね」と指示された。実情を調べるために女性に案内してもらって現場へ行くと、すでに露店商は店を閉じており、近くにいた露店商に尋ねたが、そっけない返事をされてしまった。あっちこっちで聞き込みをしたが、万年筆を売っていた露店商がいたことはわかったが、どこの誰か明らかにできなかった。

つぎの日勤勤務のとき、私服になって万年筆を売っていた露店商を調べたが、平日とあってか露店商の数は少なかった。毛布を売っている露店商がいたので客にまぎれてやり口を調べることにし、口上に耳を傾けていた。

「この毛布は純毛に近いものだよ。どこで買っても二千円はする高級品だ。きょうはお客さんが少ないし、思い切って負けることにするよ。千五百円、千五百円でどうだ。誰もいねえのか。もっと負けて半額の千円ではどうだ。買えないやつの面当てに八百円に負けちゃうぞ。そんなにお疑いなら手にとって調べたらどうかね。それでも買えねぇというんかね。こうなったら、貧乏人のために原価を割って五百円にするまでだ」

露店商の口上が一段落したとき、中年の男のお客さんから声がかかった。

「おいおい、そんなに安いんじゃ、おれに三枚売ってくれないか」

「冗談じゃないよ。一人で三枚も買われたんじゃ、おまんまの食い上げだ。一人で一枚にしてくれませんか」

「それでは、おれと女房の分と二枚にしてくれないか」

これは安い買い物だと言いながら、その男が千円を渡すと、それが引き金みたいになってあっちこっちから手が伸びた。たちまちのうちに品切れとなってしまったが、最初に毛布を買った男がサクラと思われたが決め手はなかった。

つぎに裏通りにいくと、いつもの場所にいた占い師が、天眼鏡を構えて中年の女性の手相を見ていた。台の上には立派な額に入れられた警察署長の道路使用許可証が入れられていたが、その横には小さな文字で一件百円とあった。一回が百円ではなく、一件が百円となっていたことにうさん臭さを感じたが、じっと見ているわけにはいかなかった。

一日ですべてがわかるはずもなかったが、露店商のやり口にだんだんと興味を抱くようになった。本によっておおよそのことがわかったため、さまざまな機会をとらえて露店商の実態を調べることにした。

受け持ち管内には露店商が住んでおり、その周辺の巡回連絡をすることにした。主人は商売の準備をしているところであり、巡回連絡にやってきたことを告げると、手を休めて応対してくれた。

「露店商のことについて知りたいことがあるんですが、教えてもらえませんか」

「答えられることだったら答えてやるよ」

「以前、古くなった布を新しい布よりも高く売ることができるという話を聞いたことがあるけれど、どうしてそんなことができるんですか」

「それはダフリというやり方であり、二メートルの長さのものを三メートルにも四メートルにも見せかける技術がないとできないんですよ。同じところを何度も物差しで計るんですが、お客さんに見抜かれないように、口上によってごまかしたりするわけです」

「警察官になったばかりのころ、靴の半張りにスルメが使われていたこともありましたが、あれは何というやり方ですか」

「ガセバイといって、ニセモノやまがい物を口上でごまかして売るやり口ですが、いまはほとんでやられていませんね」

「クジつきで万年筆を売り、金の時計や指輪を景品にしている露店商がいるということですが、本当に当たるんですか」

「私の口からは、当たるとも当たらないとも言うことはできませんね。露店商のなかには口上で商売をする者もいれば、ワリゴトといってサクラを使って商売をする者がおりますが、すべてがインチキなわけではありませんよ。このごろはお客さんの目も肥えてきていますし、インチキの商売ができなくなっているんです」

　質問が核心に触れてくると答えも歯切れが悪くなり、具体的な話を聞くことはできなかったが、参考になることが少なくなかった。

　その後、万年筆を売っている露店商を見かけたが、女性から届け出のあった人相とは大いに異なっており、百円を貸した女性も姿を見せなかった。捜査は尻切れとんぼみたいになってしまったが、ヤクザや露店商に対する関心はますます強くなり、これらに関する本を積極的に読むようになった。

男と女の関係

警らを終わって午後三時に交番に戻ったとき、若い女が逃げ込むようにして入ってきた。

「あの人が、いつまでも私をつけてくるので困っているんです」

女をつけてきたと思われる若い男は、様子を伺いながら交番にやってきた。

「どうして女の後をつけるんですか」

「僕の言い分を聞かないうちにその言い方はなんですか。僕が悪いことをしているように取らないでくださいよ」

このように反発されて一筋縄でないと思った。

「あなたに後をつけられて困っている、と言っているんだからやめたらどうですか」

「僕はA子さんと話したいんです。このまま引き下がることはできないんです」

「軽犯罪法では、他人の進路に立ちふさがったり、身辺に群がって立ち退こうとしなかったり、迷惑を覚えさせるような方法で他人に付きまとうことを禁じているんです」

「そんなことを言われても困ってしまいます。A子さんとは一年以上も前から交際しているんですが、それが法に触れるというんですか」

軽犯罪法に触れると言ったけれど、そんなことは眼中になかったらしい。娘さんは、「一年以上も前から交際をしているのですが、理論的には筋が通っていても、言うこととやっていることが違うのです。避けるようになるとひっつこく付きまとうようになり、いやらしいことをしたり、肉体を求めるようになったのです」と言った。

娘さんの話が真実だとすれば、男の行為は許しがたいことになるが、このような問題に出会ったのは初めてであった。娘さんは休憩室に入ったままであり、男は交番の入口に立って娘さんに会わせるように要求し続けていた。

「どうしてもA子さんと話がしたいんです。お巡りさんは、どうしてA子さんに会わせようとしないんですか。どうして僕を非人間的に取り扱うんですか。法律というのはそんなに冷たいものですか。どうしてA子さんと話し合うことを禁止するんですか」

「誰が非人間的なことをやっているか、それを考えてみるんですね」

「誰に何といわれようとも、ぼくはA子さんを諦《あきら》めることはできないんです」

ひっつこいことが魅力的ということもあるが、そのために嫌われていることには気がつかないらしい。A子さんとは同級生であり、どうして交番に飛び込んだのか理解できないという。どこの大学か尋ねると、ポケットからO大学の法学部の肩書きのある名刺を何枚も取り出した。

「あなたの身分も二人の関係もわかったが、どのような理由があろうとも、いやがる人の後をつけることは許されないことです。もし、いやがっている人に後をつけられたらどんな気になるか、そのことを考えたらどうですか。自分本位にものを考えるのではなく、相手を理解するようにしたら問題が解決すると思うんだが」
「僕はA子さんと結婚したいんです。何度も返事を迫ったが聞き入れてもらえず、じっくり話し合うことができれば、理解してもらえると思うんです」

男は自分がやっていることが正しいと信じきっているらしく、どのように説明しても受け入れようとしない。経験や知識が豊富であったら男の気持ちが理解できたかもしれないが、説得できる自信はなかった。男はなおも執拗《しつよう》に女と会わせてくれと要求していたが、軽犯罪法をたてにして拒み続けていた。

一年以上も交際してきたというから、お互いに好意を寄せ合った時期もあったと思われるが、このような事態になっては修復が不可能のようだ。いつまでも粘っていた男も、私が受話器を取り上げて本署に報告しようとすると、すごすごと立ち去っていった。

私は女にいろいろとアドバイスしたが、それが適切であったかどうかわからない。男が反省すればともかく、これからも女につきまとったとき、どのような解決の道があるというのだろうか。これは男にとっても女にとっても重大な問題であったが、私は防犯相談として報告書を作成しただけであった。

犯行現場に余韻

忙しい一日の勤務を終えて下宿に戻ったときには、すでに午後八時を過ぎていた。それでも下宿のおばさんはいやな顔も見せずに夕食の準備をし、みそ汁を熱くしてくれた。夜になっても風はやまず、うなりをあげてガラス窓を叩いていた。こんな晩に火事が起こらなければいいが、と思いながら布団にもぐって読みかけの本を手にした。

午前一時三十五分、T町で殺人事件が発覚したため非常召集された。殺されたのは八十二歳になる一人暮らしの老婆であり、出署すると事件の概要が知らされ、先輩とともに利根川原の捜索を命ぜられた。犯人の人相が不明なだけでなく、いつ殺されたかもはっきりせず、手探り状態の捜査となった。

私たちは自転車で出かけたが、石ころがごろごろしていたから乗ることができず、冷たい川風が肌を刺してきた。川原は真っ暗で足場が悪かったが、むやみに懐中電灯をつけることはできず、歩行さえままならない。人の気配はまったく見られず、こんなところに犯人がひそんでいるとは思えませんね、と声をかけた。

「捜査には無駄がつきものなんだよ。犯人がひそんでいるかどうか、それは捜索しなければわからないことだし、犯人がひそんでいなかったことがはっきりすれば、それだけでも捜査なるほどと感心してしまい、先輩を見直してしまった。

川原の近くに作業小屋があったので抜き足差し足で近づいていった。犯人を捜すというよりも盗みに入る格好に似ていたかもしれず、小屋の戸を開けると同時に懐中電灯を照らしたが、そこにあったのは古びた農機具だけであった。

二時間以上かかって割り当てられた地域の捜索を終了したが、一人も会うことができなかった。犯人を見つけることができなかったため、交番に立ち寄って本署に報告すると、前橋駅の張り込みを命ぜられた。始発まで時間があったので裏通りを歩きながら不審者を捜していると、中年の会社員らしい男が見えたので声をかけた。

「警察の者ですが、殺人事件が発生したので犯人を捜しているところですが、あやしい人は見かけませんでしたか」

「ご苦労さんですね。誰にも会っていませんが」

このように尋ねながら駅に行ったが、始発まで時間があったから待合室に人影を見ることはできなかった。警察官であることを悟られないように乗客の格好をし、つぎつぎにやってくる乗客の中から不審者を捜した。ほとんどが通勤や通学客であったが、不審な行動をとっている者がいると、職務質問を続けてホームまで行ったりした。

何本もの列車が到着したり発車していったが、犯人の人相が不明なため不審者を捜すだけであった。人を殺していれば不審な行動をとるかもしれないし、警察官が張り込んでいるかどうか気にしながらやってくることも考えられた。待合室で新聞を広げて乗客を装うなどして張り込みを続けていたが、だんだんと乗降客が少なくなっていった。

午前十時ごろ、朝食のパンと牛乳を配達してきた運転手は、「殺されたおばあさんは一人暮らしであり、死亡した夫が残した財産が多額のために、いままで相続争いが絶えないということです。親類に警察の幹部や新聞記者がいるため慎重に捜査しているということですが、どのくらいの被害があるのかはっきりしないということです」と言っていた。

やがて駅の張り込みが解除になり、鑑識の経験があったため、午後から現場の実況見分の補助をすることになった。

現場は閑静な住宅街にあり、周辺には立入り禁止のロープが張られていた。すでに鑑識係によって写真の撮影や足跡と指紋の採取がなされていたが、この家には元士族が住んでいたという。広い敷地や建物が昔の面影を残しており、すでに足跡は採取されていたため、私は割り当てられた箇所の指紋の採取に取りかかった。

手袋をして犯人が手に触れたと思える箇所の指紋採取することにし、ハケにアルミニュームの粉末をつけて少しずつなでていくと、隆線が現れてきた。指紋が重なっていたり、不鮮明のものもあったが、素通しのゼラチンに転写し、黒の台紙に張りつけて採取した日時と場所を記入した。

殺された部屋に行くと、いまだ犯罪の余韻が色濃く残っていた。古くなったタンスなどからニンヒドリンで採取を試み、たくさんの指紋を採取することができたが、誰のものかわからないため、関係者の指紋を採取して犯人の指紋を割り出すことにした。

被害者方に出入りしていた人たちに集まってもらい、関係者の指紋を採取し、現場から採取した指紋と対照しながらふるい落としていくことになった。残った指紋が犯人のものと推定されても、犯人に前歴がないと割り出すことはできない。

翌日も捜査に従事することになり、捜査を終えた捜査員が会議室で経過説明を受けた。

「現場の検証をしたり、死体の解剖をした結果、絞殺された疑いが濃厚である。奪われた金品があるかどうか確認しているところであるが、物色された形跡があることは明らかである。殺害目的で侵入したというより、物色されたところを被害者に発見され、騒がれたために殺されたものと思われる。物取りの線で捜査をすすめてもらいたいが、このような事件は初動捜査が大事であり、早期に解決するように努力してもらいたい」

一人暮らしのおばあさんにどれほどの資産があり、現金や貴金属があったかどうかははっきりしない。物色された形跡があったが、押し入れの布団の下には大金が隠してあり、犯人が見落とした可能性が強くなった。偽装工作があるかもしれないという意見もあり、犯人像をしぼることができなかった。

捜査が割り当てられたため、私は現場周辺に住む前歴者や不良青少年を洗うことになった。ほとんどの人が事件について知っていたから、単刀直入に聞き込むことができたが、ときには遠回しに聞くこともあった。

「この付近で何か盗まれたという話を聞いたことはありませんか」

「昔からのお大尽だから、付近の者はみんな資産があることを知っていますよ」
世間話をするなどして聞き込みをしていると、Wという若者が手癖が悪いことを耳にしたが、その者には犯罪歴はなかった。Wさんの名前を出して身辺捜査をすれば手っ取り早かったが、みんなから犯人に見られるおそれがあったから口にはできなかった。捜査線上には何人も浮かんだり、消えたりしていったが、Wさんの容疑はだんだんと薄れていき、最後まで残ったのは三人を数えるのみになっていた。

一日の捜査を終えてから会議室に集まり、捜査員がつぎつぎに報告していった。継続捜査のない者は打ち切られていき、容疑のある者を重点に身辺捜査がすすめられることになった。翌日は当番勤務になっていたため捜査から免除されたが、非番や日勤の日には捜査に従事することになっていた。

刑事が質屋を巡ると、被害者の近くに住んでいるMさんの名前で婦人のコートが入質されていた。誰が入質したか明らかにすることはできなかったが、近所の人によって被害者が身につけていたコートと判明した。Mさんには窃盗と詐欺の犯罪歴があり、犯行があった二日前から家出をして所在が不明になっており、Mさんの犯行の疑いが濃厚になった。

知人のところに隠れていたことを突き止め、刑事がMさんの任意同行を求めて事情を聴取すると、初めは入質したことを認めなかったという。ついに老婆を殺したことを認めたため逮捕状を得て逮捕したというが、予想されていたとおり、ギャンブルに凝った若者の犯行であり、現場から採取された指紋が動かぬ証拠になった。金の無心に行ったときギャンブルをたしなめられて凶行に及んだが、押し入れの大金には気がつかず、わずかな金と婦人のコートを奪っただけであり、五日間で事件を解決することができた。

教育三法反対デモの日

教育三法案が国会に提出されていたが、激しい反対デモにあって成立が危ぶまれていた。日教組のなかにも反対と賛成とがあり、分裂授業を余儀なくされた学校もあるというが、子どもを政争に巻き込まないことでは一致していた。

きょうも教育三法案に反対する抗議デモが、群馬大学学芸学部の主催で行われ、労働組合も参加することになったため、荒れるデモが予想されていた。そのために非番の警察官も動員されて警備につくことになったが、当番勤務の私は交番の前で交通の整理をすることになった。

県庁前の広場で反対集会が開かれてからデモに移り、警察署の前でジグザグ行進が始まったときに本署から電話があった。

「いま、富士見村で若い娘が自殺したとの届け出があったが、鑑識係がデモの方に出かけていて連絡がとれないんだ。写真機はこちらで用意するし、捜査主任がサイドカーを運転するから一緒に行ってくれ」

自殺した娘さんの家は旧家といわれており、門をくぐると広い庭があり、大きな母屋があったが、死体はすでに物置から奥座敷に移されていた。真新しい布団と寝巻にくるまれていた死体には温もりがあり、問いかければ返事があるのではないか、と思ってしまうほどだった。首吊りをしていたという物置にいくと、すでに解かれていた女物の帯が土間に落ちており、台に乗ってハリを調べると、帯がかけられていた箇所と思えるところだけホコリが落ちていた。

素裸にして捜査主任が死体を調べたが、首に索溝があったものの他に異常は認められなかった。父親は死因について何も語ろうとしなかったが、近所の人たちの話によると、娘さんが付き合っていた男性の親類に前科者がおり、家名を大事にしていた父親が強く婚約に反対していたという。

「こんなことになるんだったら、結婚させてやればよかった」

検視や参考人の事情の聴取を終えたとき、父親はぽつりと言った。

母親の話を聞くことはできなかったが、娘さんを死に追いやったのは、娘さんの幸せより家名大事に考えていた父親だったのかもしれない。

いろいろの状況がわかってくると、私なりにいろいろと考えてしまった。沖縄の戦いで何度も死の危険に遭遇し、目の前で仲間が戦死したり、巡査になってからいくつも検視の補助もしたが、きょうのショックはそれとは異質のものであった。民主主義の世の中になったというのに、いまだ因襲という目に見えない化け物みたいな存在があることを知ったからであった。

交番に戻ったときにはデモは終了しており、午後八時から立番をしていたとき、若い男が道を尋ねてきた。

「放送局に行きたいんですが、どのように行ったらいいですか」

「放送局は閉まっていると思いますよ」

「放送局の近くの友人を訪ねたいんです」

略図を書いて説明して手渡しが、男は立ち去ろうとしない。

「私は群馬大学の学生ですから、きょうのデモに参加しましたが、日教組や高教組のやり方が納得できないんです。私はいま悩んでおり、苦しんでいるんです。誰かと話をしていたいんですが、頼る人がいないんです。酒が好きだから飲んだわけじゃないんです。飲まずにはいられない気持ちなんです。いろいろのことを考え、頭のなかがこんがらかって結論を出すことができず、勉強する気にもなれないんです。何とかしてこの境地を脱したいんですが、どうしたらよいかわからないんです」

いきなりこんな話をされたのは初めてであり、とまどってしまった。

アルコールが手伝っていたためか、若者はますます饒舌《じょうぜつ》になってきた。

「世の中には、まともに考えている人なんかいないんだ。みんな金儲けにうつつを抜かしており、立身出世のためにゴマをすったり、自分の考えを持っている者がいないじゃないか。警察官だって威張り腐っているし、ろくに犯人を捕まえていないし、どれもこれも考えれば考えるほど、みんなくだらなく思えてしまうんだ」

くだらないとか、無意味だという言葉が何度も使われていただけでなく、警察批判につながっていた。

「他人をくだらないと見ているあなたは、ことによると他人からくだらない人間と思われているかもしれませんね」

「くだらない人から、どのように見られたっていいじゃないか」

ちょっぴり皮肉を込めて言ったけれど、そのことには気がつかなかったらしい。

警察官はみだりに政治的な論争をしてはならないため、自分の考えていることを話すことにした。

「私のような職業についていると、犯罪者とか、世の中から忘れ去られたような人たちと接触する機会が多いんです。ときには社会的な地位のある人の話を聞くこともあれば、精神に異常をきたしていると思える人や酔っぱらいを保護したり、非行少年の補導をすることもあるんです。先ほど、自殺をした娘さんの検視の補助をしてきたけれど、原因は相手の男性の親類に前科者がいるとの理由で父親に結婚を反対されたからでした。このようなことはあなたにとってナンセンスの出来事と思えるかもしれませんが、その人たちには重大な問題だと思うんです。人にはそれぞれの生き方があるから、すべて一律に考えることはできませんが、世の中に害毒を流しているような人だって、それなりに生きているんじゃないですか。理屈が先走って行動が伴わない人もいれば、その反対のような生き方をしている者だっているんです。他人をくだらないと軽蔑《けいべつ》するまえに、もっと相手の立場を考え、相手を理解するようにしたらどうですか。あなたがどのように悩んでいるか知らないが、あまりにも懐疑的ではないだろうか」

勢い込んで話したものだから、今度は若者のほうが黙ってしまった。

「私にだって悩みがありますが、いまは最善を尽くして生きようと思っているだけなんです。他の人がどのように考えているか、他の人にどのように見られているか考えている余裕がないんです。考えのない人を軽蔑したところで自分が賢くなるわけではなく、他人を批判することはできても、その人の感情や生き方を支配することはできないんです。あなたにくだらないと見られようとも、自分の考えで生きていくほかないんです」

堰《せき》を切って流れ出した水のように、私は一気にしゃべった。

「あなたは理想主義者だ」

若者はぽつりと言った。

「理想主義者と言われても、私にはどんな生き方が理想的なのかわからないんです。もし、理想というのがあるとしたら、それに向かって努力することが大切だと思うんです」

「もっと、話を聞かせてくれませんか」

「山岳部員だというあなたに山の話をするのは筋違いかもしれませんが、なぜ山に登るのか尋ねられ、山があるからだ、という話を聞いたことがあります。たくさんの本を読んで山登りの知識を得ても、山登りをしないとわからないことがたくさんあるんじゃないですか。どんなに綿密な計画を立てたとしても、天候などの急変によって変更を余儀なくされることもあるし、知識と経験のどちらを優先させるかというより、両々相まって道が開けると思うんです。あなたは理想を追い求めすぎているため、現実とのバランスが欠けているような気がしてならないんです」

「あなたという人は合理主義者だ」

「先ほどは理想主義者で、今度は合理主義者ですか。どちらだってかまわないが、人生はマラソンレースに似ているような気がするのです。どんなに苦しくても、どんなに辛《つら》くても走ることをやめると失格になるんです」

「何となく、わかるような気がします」

「私は自動車を運転しますが、習い始めのときは、ハンドルに気をとられるとブレーキの操作がおろそかになってしまいました。だが経験を重ねるに従ってうまくなり、混雑した道路でもスムーズに走らせることができるようになったのです」

「みんな、あなたのような警察官であったならなあ」

そう言って若者が手を差し伸べてきたので強く握手をした。

若者の後ろ姿を見送りながら、理想主義とは何か、合理主義とは何か、改めて考えさせられた。

入校と富士登山

交番勤務がやがて一年になろうとしたとき、東京小平市にある関東管区警察学校に入校を命ぜられた。交番に勤務していたときは、休日や非番であっても非常召集されたり、管轄区域外に出るときには署長の許可を受けなければならなかった。ところが学校では、門限があっても休日には自由に行動することができるため、富士登山ができるようにリュックサックを背負っての入校となった。

交通専科生として八週間の授業を受けることになり、一都七県から四十五人が集まって交通事故処理法や法令の勉強をすることになった。一部屋に数人ずつ入ることになったが、巡査部長も巡査もいたし、妻帯者や独身者もいたが、ここではみんな生徒であった。熱心に勉強に取り組もうとしていた生徒もいたが、総じて学校という窮屈な生活を嫌っていたらしかった。幸いなことに山梨県警から見えていた巡査部長と同室になり、富士登山についていろいろとアドバイスを受けることができた。富士山に大雪崩があって多数の犠牲者が出たとき、富士山を管轄する駐在所に勤務しており、遭難救助に当たったといい、当時の話を聞くこともできた。

いままで刑事講習を受けたことはあったが、交通事故の処理に当たっては、過失の認定が重要であることを知った。刑法は原則として故意犯を罰しており、過失が罰せられるのは特別に規定されている場合となっていた。校庭内の道路でさまざまなケースの交通事故が想定され、実況見分がなされたり、関係者から事情を聴取するなどした。一時停止や速度違反などはともかく、前方に対する不注意となると証明するのが難しかった。過失が小さくても人を死傷させることもあれば、重大な過失であっても被害が軽微なこともあるが、過失がないと罰せられることはなかった。

梅雨が明けてもすっきりしない日が続いており、つぎの土曜から日曜にかけて晴れるかどうか、そのことが気になっていた。天気予報もあまりあてにならなかったが、ラジオの予報があすは晴だと伝えていたため、土曜日の授業が終了するやいなや学校を飛び出してバスで立川駅に向った。

十二時五十分発松本駅行きの列車に乗り込んだが、車内はアルプスや富士山に向かう若い男女でごった返していた。大月駅に着くとたくさんの乗客が下車したため、つられるようにして下車した。地図を見ると大月駅から河口湖までの距離はわずかであったが、ローカル線のためかのろのろと走っており、一時間以上もかかってしまった。

晴れることを期待していたのにどんよりしており、いまにも雨が降りだすような空模様であった。目の前の湖さえかすんでおり、辺りが雲に覆われていたから景色を見ることができない。雨に降られたときの準備に雨ガッパを用意していたが、これが防寒予防になることを知らされていた。

バスを待つ人の多くが、赤や青の紐のついた六角の長い棒を持っていたため、どこかの団体客と思ってしまったが、それは湖畔の売店で売られていた。バスを待つ長蛇の列はピストン輸送のため少しずつ短くなっているものの、バスがいつやってくるのかわからないため、列から離れることも、食事をとることもできない。今度こそ乗れるかもしれないと思っていると、直前で定員いっぱいになり、つぎのバスを待つことになった。

ようやくバスに乗ることができたものの、三合目で折り返すことになっていた。辺りは濃い霧に包まれていたから車窓から見えるのは、数メートルの範囲の森林だけであった。傾斜が急になるとバスの速度も落ち、あえぐようにしながら三合目に着くと、登山用のバスが待っていた。

バスから降りると気温はかなり下がっており、待ち時間がなく乗り換えることができた。曲がりくねった道路では速度を上げることはできず、登山用のバスも威力を発揮することができないようだ。石楠花《しゃくなげ》などの高山植物が見えてきたが、どのくらいの年月を生き続けているか想像することもできない。凸凹《でこぼこ》のある道路で大きくバウンドしたため、ときには天井に頭をぶつけそうになり、急カーブでは車体を大きく傾けていた。

年老いたように曲がっている植物があったが、土地がやせているためか、気象条件によるものかはっきりしない。奇異な感じを抱いて眺めていると、登山バスは終点の五合目に着いたので下車すると、売店の前に若い制服の巡査が立っていた。

色とりどりの服装をした若者にまじり、老齢の域に達している思われる夫婦らしい姿も見えた。ゆっくりと歩いている人を追い越したり、抜かれたりしているうちに松林を通り過ぎると、草木のない岩肌の向こうに山頂が見えるようになった。どんよりとしていた空にも明るさが見られるようになり、天気予報のとおりあすの晴天を期待できるようになった。

大きな荷物を背負った若者に追い越されたり、跳ねるように降りてくる若者がいたが、山小屋に荷物を運ぶ人たちであった。山の気象の変化は激しく、いつの間にか雲間に隠れて山頂を見ることができなくなっていた。一歩一歩前進しているはずなのに地形の変化は見られず、堂々巡りをしているみたいな錯覚に陥っていた。

五合目から山頂まで五時間ぐらいと聞かされていたが、三時間以上も歩いたが山頂は遥か彼方にあった。八合目の山小屋に宿泊する予定にしていたが、着いたときには辺りは暗闇であり、八年間も駐在勤務をしていたという巡査部長の紹介状は大いに主人を喜ばせた。畳一畳ほどの広さのところに四人が定員になっており、小さな山小屋はあふれんばかりであり、左右の者にはさまれて寝返りさえ打つことができない。

ご来光を仰ぐために午前二時ごろに起床して山小屋を出発したが、山道はすれ違うことができないほど込み合っていた。懐中電灯を手にした人たちの列がふもとの方から続いており、光の帯はみんな山頂を目ざしていた。

山頂近くになると真冬を思わせるほどの寒さになり、ジャンパーの上に雨ガッパを羽織った。ダイヤをちりばめているかのように空は輝いており、ときどき立ち止まっては空を見上げたりした。山頂でご来光を仰ぐ予定にしていたが間に合わず、山頂に達したときにはあっちこっちから登ってきた人たちでごった返していた。

人込みのなかで食事をしたくなかったため、山頂から少し離れた傾斜に腰を下ろして、山小屋でつくってもらった握り飯を食べた。目の前にアルプス連峰を眺めることができたし、眼下に流れる雲間から富士五湖を見ることもでき、山の空気を満喫することができた。同じ道を通りたくなかったため、登るときと異なって御殿場方面に出ることにし、地図を頼りに須走りを下った。砂地のため一歩で二、三メートルも下ることができたが、御殿場の駅舎が見えたときにはホッとさせられた。

管区警察学校ではさまざまな教養が実施されており、鑑識や自動車操縦専科などがあった。情操教養として茶道や習うことになり、お菓子をいただいて抹茶を飲む行儀作法について学んだ。華道にもいろいろの流儀があるといい、天地人を教わったが、平凡に見えていた花も師匠さんによって活《い》けられると見違えるほど美しくなっていた。このほかにも時局講演会などがあり、それぞれの専門家の話を聞くことができたし、夕食後は就寝時間まで娯楽室で囲碁を楽しむことができた。

入校してから富士山に登ることができたし、上野の博物館や美術館に足を運ぶこともできた。房総半島を一巡りしたが、国鉄の列車は上り下りとも一時間ごとに発車していたため、途中下車しては辺りを散歩したりした。本を読む時間が十分あったため、神田の古本街に出かけて本をあさるのも楽しみの一つになっていた。

卒業試験が実施されることになると、ふだんは勉強していない生徒も勉強に取り組むようになった。丸暗記の勉強をしたくないため、いつものように娯楽室に行って囲碁を楽しんでいると、交通専科の教官が巡視にやってきた。あすから試験だというのにどうして勉強しないんだ、と注意されると囲碁の相手はびっくりしたらしかった。部屋に戻ってノートを調べたり、わからない箇所を同僚に尋ねたが、それが翌日の試験問題になっていた。問題には論文形式のものがあったし、模擬の交通事故の処理も成績に加味されていたため、丸暗記の必要が少ないものになっていた。

入校中に砂川基地反対闘争の警備が予想されていたが、若い巡査が警察の警備と反対派の労働者や農民の板ばさみに悩んで自殺したことも知っていた。大規模な反対闘争がなかったので出動することはなく、少しばかりホッとさせられた。

教養を終えて署に戻ると、交通課に配置換えになっており、交通違反の取締りや交通事故処理の補助をすることになった。自動車は増加の傾向にあり、それに伴って交通事故が増えており、交通警察が重要性を帯びるようになった。ほとんどの事故がちょっとした不注意から発生しているが、被害者だけでなく、加害者にも精神的や物質的な負担がかかることがわかった。まもなく警察本部の交通課に転勤となったため、巡査として第一線の勤務にピリオドが打たれて日記を閉じることにした。

年譜（昭和二〇年から三一年まで・☆印、筆者の個人史）

【昭和二〇（一九四五）年】

八・一五　終戦・天皇、戦争終結の宣言。

八・二一　東京地方に「天気予報」復活。

八・二三　☆アメリカ軍の捕虜となる。

一〇・二九　第一回宝くじ、一等一〇万円、副賞純綿キャラコ二反。

一一・三　日本国憲法公布。

一一・一　全国人口調査実施、七一九九万八一〇四人。

一一・一六　大相撲実況中継・戦後初のスポーツ中継。

一一・一九　チャンバラ映画、軍国主義で上映禁止。

歌「りんごの歌」「センチメンタル・ジャーニー」。

【昭和二一（一九四六）年】

一・二三　たばこ「ピース」一〇本入七円発売。

一・一九　「のど自慢素人音楽会」始まる。

三・三　物価統制令、月五〇〇円の新円生活。

四・一　アルバイトの日当三〇円。人は右・車は左。

五・一　メーデー復活。

八・一五　夏の甲子園大会復活、優勝は大阪の浪華商業。

一〇・一〇　東京のアメ横開店。

一一・一五　☆沖縄から復員。
大学卒給料五六〇円。
雑誌「世界」「展望」など創刊、「改造」「中央公論」復刊。
映画「カサブランカ」、歌「東京の花売り娘」、書籍「白痴」「うず潮」。

【昭和二二（一九四七）年】

一・一五　初のストリップ。
三・一一　☆警察練習所（現・警察学校）入所。初任給三〇〇円。
四・一　六・三・三・四制教育実施。
四・八　新宿・ムーランルージュ再開。
五・三　日本国憲法施行。
九・一〇　☆前橋警察署（久留馬橋巡査派出所）。
九・一五　☆キャスリーン台風で警備。
一〇・二一　国家公務員法公布。
一一　山口判事栄養失調で死す。
一一・六　東京・多摩川畔で集団見合い、その後各地で流行。
一一・一〇　毎日午前六時半から午後四時まで電気使用禁止。
一二・一　百万円宝くじ。
米一俵一〇〇〇円。アプレゲール文学の台頭。一八〇〇円ベース。
婚姻数九五三万九九九三、離婚数七万九五五一。
映画「戦争と平和」「荒野の決闘」、歌「東京ブギウギ」、書籍「肉体の門」、ラジオ「鐘の鳴る丘」「日曜娯楽版」。

【昭和二三（一九四八）年】

一・二六　帝銀事件（一二名毒殺）。

二・一一　☆自治体警察発足し、長野原町警察署。

五・一　軽犯罪法公布。

六・一三　太宰治自殺。

七　刑事訴訟法・少年法公布。

九・一六　マッチが八年ぶりに自由販売。

九・二三　上野動物園におサルの電車。

一〇・一　警視庁の一一〇番設置、大学卒給料二二〇〇円。

映画「酔いどれ天使」「破戒」「美女と野獣」、歌「君待てども」「異国の丘」「長崎のザボン売り」、書籍「罪と罰」「菊と刀」「俘虜記」。

【昭和二四（一九四九）年】

一・一五　第一回成人式。

三・一九　東京消防庁に「一一九番」設置。

四・二三　一ドルが三六〇円、単一為替レート。

八・一六　古橋広之進、ロサンゼルスの全米選手権で世界新記録。

穴あき五円黄銅貨登場。

一一・三　湯川秀樹、ノーベル物理学賞受賞。

一一・二六　プロ野球パリーグ、セリーグ結成して二リーグに分裂。

一二・一　お年玉つき年賀はがき新発売。
歌「青い山脈」「悲しき口笛」、書籍「きけわだつみのこえ」「仮面の告白」、漫画「デンスケ」「サザエさん」。

【昭和二五（一九五〇）年】

一・七　聖徳太子の一〇〇〇円札発行。
三・二二　牛乳が自由販売。
四　洋酒統制撤廃、トリスウイスキー（ポケット瓶）発売。
五　そば屋復活で、もり・かけ一五円。
東京・大阪間に特急「つばめ」「はと」開通。
六・二五　朝鮮動乱。
七・八　警察予備隊設置。プロ野球ナイター後楽園から初めての実況中継。
九　「チャタレー夫人の恋人」わいせつ罪で起訴。
一〇・一一　NHK東京TV実験放送開始。
ストリップ・ショーが大流行。
映画「羅生門」「情婦マノン」「プーさん」、歌「夜来香」「東京キッド」、書籍「細雪」「チャタレー夫人の恋人」。

【昭和二六（一九五一）年】

一・一　少年法改正。
四　日本最初のLPレコード、一枚二三〇〇円。
四・一　たばこ値下げ、ピース四〇円、ひかり三〇円、いこい二五円。

四・一九　ボストン・マラソンで田中茂寿優勝、二時間二七分四五秒。
五・六　ＮＨＫで三年八カ月ぶりにラジオ体操再開。
九・八　対日平和条約日米安全保障条約調印。
九・一五　第一回としよりの日。
一一・二四　日本人の平均寿命、男六〇歳、女六四歳。
ラーメン三〇円、カレーライス八〇円。
映画「カルメン故郷へ帰る」「めし」、歌「上海帰りのリル」「雪山賛歌」、書籍「自由学校」「山びこ学校」。

【昭和二七（一九五二）年】

二・二八　日米行政協定調印。
四・一〇　ＮＨＫラジオ「君の名は」始まる。
五・一　血のメーデー。
六・一　☆国家地方警察勢多地区警察署（留置場看守）。
七・一九　第一五回オリンピック、ヘルシンキ大会に日本戦後初参加。
七・二一　破壊活動防止法成立。
八・六　広島原爆犠牲者慰霊碑除幕式。
大学卒給料五六二七円、高校卒日給一二一円。
テレビ契約数一四八五台。
映画「生きる」「真空地帯」「チャプリンの殺人狂時代」「第三の男」、歌「テネシーワルツ」「ああモンテンルパの夜は更けて」、書籍「ニッポン日記」「二十四の瞳」、漫画「鉄腕アトム」。

【昭和二八（一九五三）年】

二・一　NHK、東京地区でテレビ本放送。

三・二六　☆勢多地区警察署（鑑識係）。

五　NHK、相撲中継開始

七・二七　朝鮮動乱休戦。

七・三〇　力道山が中心となり日本プロレスリング協会結成。

八　噴流式電気洗濯機発売、二万八五〇〇円。

八・一　公衆電話料金五円から一〇円に値上げ。

一二　国産初の電気カミソリ発売、二五〇〇円。

一二・三一　NHK紅白歌合戦を日劇で初めて公開放送。

テレビ契約数一万六七七九台。

映画「東京物語」「ひめゆりの塔」「ライムライト」、歌「青いカナリア」「雪の降るまちを」、書籍「時間」「風林火山」。

【昭和二九（一九五四）年】

一・一　五〇銭以下（一円未満）の小銭廃止。

一・一〇　三年前から行方不明の天才画家山下清が鹿児島駅前で見つかる。

四　第二一回世界卓球選手権（ロンドン）で男女とも団体優勝。

七・一　防衛庁設置、陸海空自衛隊発足。警察制度を改正し自治体警察廃止。

七・八　☆前橋警察署（捜査係）。

九・二〇　台風一五号、洞爺丸沈没（一〇一一名死亡）。
電気冷蔵庫、洗濯機、掃除機が「三種の神器」と呼ばれる。
ラジオ「紅孔雀」「ヤン坊、ニン坊、トン坊」、テレビ「エノケンの水戸黄門漫遊記」、映画「女の園」「宮本武蔵」、歌「お富さん」「ウスクダラ」書籍「潮騒」「樅の木」、漫画「赤胴鈴之助」。

【昭和三〇（一九五五）年】

一　ヒロポン禍広がる。
四・一　ハナ肇とクレージー・キャッツ結成。
六・一　初のアルミ貨（一円）発行。
七・四　☆前橋警察署（桑町巡査派出所）。
七・八　労働省が「売春白書」を発表、売春婦は全国で五〇万人と推定。
一〇・一二　金田正一投手、一シーズン三四〇奪三振の新記録。
一二・二七　平均寿命は男六四歳、女六八歳。
電気釜新発売、三二〇〇円。ラーメン三五円、カレーライス一〇〇円。米一俵五〇〇〇円。大学卒給料一万八五六二円、高校卒一万四〇〇円。公務員の初任給七八〇〇円、巡査の初任給七八〇〇円、日雇い労働者日当約四〇〇円。
ラジオ「三つの歌」「とんち教室」、テレビ「私の秘密」「轟先生」、映画「野菊の如き君なりき」「浮雲」「警察日記」、歌「この世の花」「別れの一本杉」、書籍「欲望」「太陽の季節」「松川裁判」。

【昭和三一（一九五六）年】

一　わが国初の分譲マンション、東京四谷に、一戸四〇〇〜七〇〇万円。
ニセ千円札出回る。
五・三　初の世界柔道選手権（国技館）。
七・一　☆関東管区警察学校入校（交通専科）。
八・九　国産ジェット機初飛行。
八・二八　☆前橋警察署（交通係）。
一〇・一〇　☆群馬県警察本部交通課。
ラジオ「少年探偵団」、テレビ「お笑い三人組」「お昼の園芸」「チロリン村とくるみの木」、映画「赤線地帯」「ビルマの竪琴」「河の女」、歌「リンゴ村から」「若いお巡りさん」、書籍「四十八歳の抵抗」「楢山節考」、漫画「フクちゃん」「鉄人二八号」。

【著者紹介】
深沢敬次郎（ふかさわ・けいじろう）
大正14年11月15日、群馬県高崎市に生まれる。県立高崎商業学校卒業。太平洋戦争中、特攻隊員として沖縄戦に参加、アメリカ軍の捕虜となる。群馬県巡査となり、前橋、長野原、交通課、捜査一課に勤務。巡査部長として、太田、捜査二課に勤務。警部補に昇任し、松井田、境、前橋署の各捜査係長となる。警察功労章を受賞し、昭和57年、警部となって退職する。平成７年４月、勲五等瑞宝章受賞。著書：「捜査うらばなし」あさを社、「いなか巡査の事件手帳」中央公論社（中公文庫）、「泥棒日記」上毛新聞社、「さわ刑事と詐欺師たち」近代文芸社、「深沢警部補の事件簿」立花書房、「巡査の日記帳から」彩図社、「船舶特攻の沖縄戦と捕虜記」、「だます人　だまされる人」元就出版社　　現住所：群馬県高崎市竜見町17の２

女と男の事件帳

2010年６月30日　第１刷発行

著　者　深沢　敬次郎
発行人　浜　　正　史
発行所　株式会社　元就《げんしゅう》出版社
〒171-0022 東京都豊島区南池袋4-20-9
サンロードビル2F-B
電話　03-3986-7736 FAX 03-3987-2580
振替　00120-3-31078
装　幀　唯　野　信　廣
印刷所　中央精版印刷株式会社
※乱丁本・落丁本はお取り替えいたします。

ISBN978-4-86106-191-2　C0036

だます人　だまされる人

深沢敬次郎・著

実録・知能犯刑事の事件帳

詐欺師お断り！　振り込め詐欺、架空請求、ヤミ金、カードローン、手形詐欺、高利の投資話、交通事故の示談、コピー商品、取り込み詐欺、○○商法、美人局……などなど、詐欺師たちは虎視眈々とカモを狙っている。

知能犯刑事だった著者が詐欺師の正体を丸裸にし、その手口と撃退法を伝授する。

■定価一八九〇円

深沢敬次郎・著
船舶特攻の沖縄戦と捕虜記
これが戦争だ！

第一期船舶兵特別幹部候補生一八九〇名、うち一一八五が戦病死、戦病死率六三パーセント——知られざる船舶特攻隊員の苛酷な青春。慶良間戦記の決定版。■定価一八九〇円